KB114212

침략자 장편소설

FUSION FANTASTIC STORY

작가 정규현

작가 정규현 3

침략자 장편소설

초판 1쇄 찍은 날 § 2018년 6월 26일
초판 1쇄 펴낸 날 § 2018년 7월 3일

지은이 § 침략자
펴낸이 § 서경석

총괄팀장 § 최하나
편집책임 § 김슬기

펴낸곳 § 도서출판 청어람
등록번호 § 제387-1999-000006호
등록일자 § 1999. 5. 31
어람번호 § 제1-2926호

주소 § 경기도 부천시 부일로 483번길 40 서경B/D 3F (우) 14640
전화 § 032-656-4452 팩스 § 032-656-4453
http://www.chungeoram.com
E-mail § chungeorambook@daum.net

ISBN 979-11-04-91774-5 04810
ISBN 979-11-04-91746-2 (세트)

침략자 장편소설
FUSION FANTASTIC STORY

③

작가
정규현

도서출판 청어람

작가 정규현

Contents

22장

리디스 미디어, 무너지다

"네, 차도진 작가님. 저도 순위 확인했습니다."

―20위 안에 들어간 거 정말 오랜만입니다. 다 대표님 덕분입니다.

규현이 지금 전화 통화를 하고 있는 사람은 차도진 작가였다.

그는 형태 이후 리디스 미디어에서 가람으로 넘어온 3명의 작가 중 한 명이었다.

그는 부산에 살고 있기 때문에 형태처럼 매일 출근을 하는 것은 아니었지만 규현과 매일 메일을 주고받으면서 피드백을 받았다.

그 결과, 자신의 최고 성적이 16위였지만 그다음 작품의 순위가 44위로 성적이 좋지 않았던 도진은 정말 오랜만에 19위에 등극하면서 전성기 때의 성적을 어느 정도 회복할 수 있었다.

"전부 작가님 노력의 성과입니다. 이대로만 해주세요!"

─옙! 알겠습니다!

전화 통화가 끝나고 규현은 한숨을 내뱉으며 회의실에서 나와 의자에 앉았다.

"형, 쉬면 안 돼요. 제이스트 작가님이랑 박민수 작가님의 원고가 기다리고 있어요."

의자 등받이에 몸을 기대고 잠시 쉬고 있으니, 상현이 일이 많이 남아 있다며 규현을 재촉했다. 상현은 경영 일부와 잡무를 대부분 맡아서 하고 있었지만 편집자가 아니었기 때문에 원고 교정 등은 하지 않았다.

회의 시간이 되면 다 같이 원고를 교정하긴 하지만 그것은 스토리에 대한 피드백뿐이었고 오탈자를 잡고 어색한 문장을 고치는 단순 교정은 오직 규현 혼자서 해야만 했다.

원래 맡은 작가들만 해도 벅차 죽을 지경이었는데, 3명의 작가가 추가로 합류하니 리턴 엠페러를 쓸 시간이 많이 줄어들었다.

"하아."

기다리고 있는 원고를 생각하니 한숨부터 나왔다. 그런 규현의 모습을 본 칠흑팔검이 입을 열었다.

"제가 편집 업무 도와드릴까요?"

"정말입니까?"

규현의 두 눈이 반짝였다.

지금 상황에서 칠흑팔검의 제안은 어둠 속의 한 줄기 빛이었다.

규현의 반응에 칠흑팔검은 부드러운 미소를 지었다.

"물론 월급은 주셔야 합니다."

"물론 드려야죠."

그동안 칠흑팔검은 회의 시간에 가장 적극적으로 스토리 및 원고 교정을 지원했다.

주로 교정을 지원하는 작가들은 칠흑팔검과 현지였는데, 칠흑팔검과는 다르게 현지는 조금 비협조적인 모습을 보이고 있었다. 그녀는 말 그대로 최소한으로 교정을 지원하고 있었다.

그동안 칠흑팔검을 무보수로 부려먹다시피 했기 때문에 그가 작가들의 원고를 교정하는 데에 본격적으로 참여한다면 당연히 급여를 지급할 의사가 있었다.

아니, 정식으로 고용되는 것이니 고료를 당연히 지급해야만 했다.

"정말 감사합니다, 작가님."

규현은 고개를 살짝 숙이는 것으로 감사를 표했다. 그는 칠흑팔검에게 진심으로 고마움을 느끼고 있었다.

편집자 일을 하면서 작품 활동을 하는 작가들도 있긴 하지만, 칠흑팔검 정도 되는 작가라면 편집자 일을 하는 시간에 글을 쓰는 게 훨씬 큰돈을 벌게 된다.

월급을 달라고 한 그의 말은 단순한 농담이고, 사실상 규현에 대한 호의와 후배 작가들 양성이라는 순수한 의도에서 편집자 일을 자처한 것이었다.

"형, 지금 문학 왕국 커뮤니티 확인해 보세요."

"갑자기 왜 그래?"

"아주 재밌는 글이 올라와서요."

상현의 말에 규현은 문서 작성 프로그램을 끄고 문학 왕국 커뮤니티에 접속했다.

상현의 말대로 메인의 최신글 목록에 아주 흥미로운 제목의 게시글 두 개를 볼 수 있었다.

[리디스 미디어, 아주 악질이었네요.]
[리디스 미디어랑 계약하면 망합니다. 잘 생각하시길.]

게시글을 클릭해 내용을 확인하니, 제목 그대로 리디스 미디어를 향한 비판이 가득했다.

이미 리디스 미디어는 잇따른 작가 이탈과 이탈한 작가들이 연이어 좋은 성적을 거두면서, 계약하면 망하는 저주받은 출판사로 낙인이 찍히기 직전이었다.

리디스 미디어에겐 안 된 일이었지만 두 개의 게시글 작성자 두 명은 문학 왕국 커뮤니티에서 명성이 있는 네임드였다.

심지어 한 명은 제법 이름 있는 작가였다.

아이러니하게도 그도 리디스 미디어에서 성적이 좋지 않아서 방치되었다가 다른 출판사로 옮기면서 우연히 대박이 터진 작가였다.

[탁구공: 그러고 보니 리디스 미디어 작가 몇 명이 가람으로 대탈주했다가 완전 성공했던데.]

[음속돌파: 리디스 미디어가 문학 왕국에 진출하면서 작가들 막 영입하더니, 결국엔 전부 관리 못 하고 방치했구나, 난 이럴 줄 알고 있었지.]

[익명3242: 리디스 미디어는 지금 무리한 작가 영입으로 포화 상태라고 들었습니다. 그래서 인기 작가들만 신경 쓰고 비인기 작가는 교정도 해주지 않거나 대충해요. 물론 모든 출판사

나 매니지먼트가 이런 면이 있지만 리디스 미디어는 특히 심해요.]

　[익명2239: 님들, 리디스 미디어랑은 절대로 계약하지 마셈.]

　리디스 미디어에 아주 부정적인 반응을 보이는 댓글이 대부분이었다.

　간혹가다 소수의 댓글이 리디스 미디어의 편을 들긴 했지만 다수에 의해 마녀사냥을 당한 뒤 댓글을 삭제하고 도망치거나 더 이상 댓글을 다는 것을 포기했다.

　'생각보다 리디스 미디어의 이미지가 안 좋아졌군.'

　규현은 그렇게 생각하며 스크롤을 내렸다.

　게시글 제목을 대충 확인하며 스크롤을 내리던 그는 기사 이야기 2부인 리턴 엠페러와 관련된 게시글을 확인할 수 있었다.

　그건 기사 이야기 세계관을 카피한 필리어스의 혈향을 연재 중인 상진을 비판하는 게시글이었는데 30개가 넘는 댓글이 달려 있었다.

　규현은 댓글을 확인했다.

　댓글 대부분이 이상진에 대해 부정적인 태도를 보이고 있었다.

　규현은 확신할 수 있었다. 이제 상진은 힘을 잃었다.

1세대 작가라는 방패는 상진이 저지른 어리석은 행동이 반복되자 빛을 잃게 되었다.

거기에 더해 거물이 된 규현의 작품을 카피하는 만행을 저지르는 것으로 다시는 돌아올 수 없는 곳으로 가게 된 것이다.

더 이상 상진의 편은 남아 있지 않았다. 아니, 그의 편은 분명 남아 있을지도 모른다. 그러나 목소리를 낼 수 있는 사람은 아무도 없었다.

규현과 그의 독자들 앞에서, 몇 남았을지 모르는 상진의 편은 목소리를 죽인 채 버텨야만 했다.

"형, 정말 대단해요. 리디스 미디어라고 하면 꽤 큰 곳인데……."

상현의 말에 지석이 고개를 끄덕이며 입을 열었다.

"저도 처음에 대표님이 그런 말씀을 하셨을 때까지만 해도 리디스 미디어로 넘어갈까 생각을 많이 했었습니다. 하지만 지금 상황을 보니, 대표님의 말대로 기다린 게 현명한 선택이었던 것 같네요."

"혹시나 싶어서 말씀드리는 겁니다만, 이 문제 관련해서 문학 왕국 커뮤니티나 소설 커뮤니티 등에 게시글을 올리지는 말아주셨으면 합니다."

규현이 당부했다.

가람의 직원이나 소속 작가 누군가가 리디스 미디어를 비판하는 댓글이나 게시글을 썼다가 들키게 되면 가람은 역풍을 맞을 수도 있었다.

최악의 경우 지금까지 리디스 미디어를 향하고 있는 비판 여론이 가람의 조작에 의해 발생한 것이라는 오해를 부를 수도 있었다.

다들 알아서 잘할 것이라 생각했다.

하지만 최근 리디스 미디어와 상진의 부진과 가람 소속 작가들의 순위 상승으로 인해 어느 누군가가 잔뜩 들떠서 커뮤니티에 게시글을 올리거나 댓글을 달 수도 있기에 미리 주의를 주었다.

"옙!"

"알겠습니다."

작가들이 한목소리로 대답했다.

규현은 고개를 끄덕이며 소속 작가들 순위도 확인할 겸 문학 왕국에 들어갔다.

지석의 순위는 4위였고 먹는 남자의 순위도 17위로 굳건히 자리를 지키고 있었다.

상현도 29위로 조금이나마 순위가 상승했다. 아직까지도 상현에 대한 견제가 계속되고 있는 것을 생각하면 생각보다 괜찮은 순위였다.

그리고 칠흑팔검의 칠흑혈마는 아직 분량이 많이 확보되지 않았음에도 불구하고 1위를 하는 기염을 토하고 있었다. 현지는 그에 밀려 2위였다.

문학 왕국의 베스트는 무료 연재와 유료 연재가 함께 집계된다.

무료 연재일 경우 조회 수와 선호작 수치, 그리고 추천 수를 합쳐서 베스트 지수를 산출하고 유류 연재는 구매 수와 추천 수, 그리고 선호작 수치로 베스트 지수가 산출된다.

아무래도 유료 연재 작품에 추가 점수가 있고, 1권 분량이 확보되면 유료 연재로 전환하는 경우가 대부분이었기 때문에 베스트의 상위권은 대부분 유료 연재가 점령하고 있었다.

물론 무료 연재도 간간이 보이긴 했지만 그렇게 많지는 않았다.

"아 참, 상현아. 손익계산서 작성은 다 끝나가지?"

규현의 말에 열심히 키보드를 두드리고 있던 상현의 움직임이 멈췄다.

쉽게 대답하지 못하는 모습을 보니 아마도 깜빡한 모양이었다.

"형, 아직 8월이 끝나지 않아서 말이죠. 하하하."

"한국대 경영학과의 힘을 보여줘. 너 회계 시험까지 준비했잖아. 뭐였더라? 재무회계?"

"전산 회계 1급이요. 어려워서 그만두었지만."

"아무튼, 열심히 해봐."

규현의 말에 상현은 몰래 한숨을 쉬며 입을 열었다.

"네. 최선을 다해볼게요."

상현의 대답을 들은 규현은 만족스러운 표정으로 고개를 끄덕였다.

그리고 그가 노트북 화면으로 시선을 옮긴 순간 어디선가 진동이 울리기 시작했다.

제법 큰 소리에 규현은 눈살을 찌푸렸으나 자세히 살펴보니 그의 책상 위에서 소리가 울린다. 범인은 규현의 스마트폰이었다.

스마트폰 화면을 확인한 규현은 다시 눈살을 찌푸렸다.

상당히 마음에 들지 않는 이름이 적혀 있었기 때문이었다. 바로 1세대 작가 이상진이었다.

규현은 저번에 그에게서 전화가 왔을 때 번호를 저장해 두었다.

"여보세요."

마음에 들진 않지만 전화를 무시하는 것은 예의 없는 행동이기 때문에 규현은 회의실에 들어가 문을 닫고 전화를 받았다.

―정규현 작가?

상진의 목소리가 들려왔다.

처음 통화했을 때와는 다르게 꽤나 조심스러운 목소리였다.

"우리 이렇게 통화할 사이는 아니라고 보는데……."

규현의 날카로운 말에 상진은 잠시 침묵했다.

―개인적으로 부탁할 게 있어서 이렇게 전화를 걸었다.

"개인적인 부탁을 들어줄 정도로 우리 사이가 가까웠던가?"

규현은 어이가 없었다.

상진은 규현의 작품을 2번이나 '참고'했다.

그런데 전화를 걸어서 뻔뻔하게 개인적인 부탁이 있다고 말하니 어이가 없을 수밖에 없었다.

하지만 규현은 전화를 바로 전화를 끊지 않았다. 일단은 들어보기로 했다.

"일단 말해봐."

―내가 기사 이야기를 표절한 게 아니라고 공지를 올려주었으면 한다. 만약 공지가 힘들면 작가의 말에 간단히 언급만 해도 좋아. 그냥 합의가 있었다는 식으로 말해주었으면 좋겠군.

"안 돼."

도저히 말이 되지 않는 제안이었다.

그래서 규현은 한마디로 일축하고는 그냥 전화를 끊었다. 당연한 이야기지만 상진은 포기하지 않고 계속 전화를 걸어왔다.

그의 이름이 뜨는 핸드폰을 가만히 바라보던 규현은 그가 무슨 말을 할까 궁금해져 전화를 받고 그의 목소리에 귀를 기울였다.

─물론 그냥 해달라는 게 아니야! 대가를…….

그가 말하는 것을 들은 규현은 별다른 말 없이 전화를 끊었다.

혹시나 싶어서 들어봤지만, 더 들을 필요도 없었다.

그는 스마트폰을 터치하여 상진의 전화번호를 수신 거부했다.

수신 거부 설정을 해두자 한동안 스마트폰은 울리지 않고 고요한 침묵을 지켰다.

상진의 번호를 수신 거부하고 10분 정도 마음을 정리한 규현이 회의실을 나오기 위해 문고리를 잡는 순간 또다시 벨소리가 울렸다.

'이상진 작가는 분명 수신 거부 했는데?'

번호를 차단했으니, 상진은 아닐 것이다. 스마트폰을 확인한 규현은 눈살을 찌푸렸다.

리디스 미디어의 기획팀장 조찬호였다.

이 또한 별로 반가운 인물은 아니었다. 하지만 협상을 시도하기 위해 전화를 걸었을 수도 있기 때문에 규현은 수신 거부를 하지 않고 전화를 받았다.

"여보세요?"

―정규현 작가님, 정말 오랜만입니다. 그동안 잘 지내셨는지요?

찬호의 목소리는 상당히 조심스러웠다.

과거에 규현을 대할 때와는 전혀 다른 목소리와 태도였다.

그 모습에 규현은 씁쓸한 미소를 머금은 채 입을 열었다.

"'덕분에' 아주 잘 지냈습니다. 조금 피곤하긴 하지만요."

―자, 잘 지내셨다니 다행입니다.

뼈가 있는 규현의 말에 찬호는 순간 당황했다. 그는 말을 더듬긴 했지만 침착하게 대답했다.

"그런데 갑자기 제게 전화를 한 이유는 뭐죠? 저는 딱히 리디스 미디어와 할 말이 없습니다만."

규현이 차가운 목소리로 말했다.

리디스 미디어가 미끼를 던졌다.

그것을 기다렸다는 듯이 물면 협상에서 그가 가진 카드의 가치가 떨어진다. 협상에서 우위를 점하려면 이 협상이 아무런 성과 없이 끝나도 손해 볼 게 없다는 태도를 유지하는 게 중요했다.

까놓고 말해서 허세였다.

허세지만 적당히 눈치를 보면서 강약을 조절한다면 협상 타결에 큰 공을 세우는 훌륭한 무기가 될 것이다. 물론 강약 조절에 실패하면 협상이 결렬될 수도 있으니 주의해야 한다.

─작가님, 일단 전화를 끊지 마시고 제 말을 들어주세요. 분명 작가님에게도 도움이 되는 이야기일 겁니다.

규현이 마음을 정리하고 있던 10분 동안 상진이 일러바친 것인지 찬호는 그에게 전화를 끊지 말라고 애원하다시피 말했다.

"일단은 들어보도록 하죠."

─감사합니다.

찬호가 대답했다.

그 목소리에서 진심이 묻어나는 듯했다.

─저희 리디스 미디어 소속 작가들의 연재 시간 이동에 관련해서 드릴 말씀이 있습니다. 전화로 계속 이야기하시겠습니까? 아니면 만나서 이야기하시겠어요? 작가님 편하신 대로 맞추겠습니다.

찬호의 말에 규현은 눈살을 찌푸렸다.

이건 무슨 개소리인가?

찬호는 분명 리디스 미디어 소속 작가들의 연재 시간 이동에 관한 문제라고 말했다.

이건 자신들의 잘못을 인정하지 않고 돌려서 말하는 것이었다.

"그 문제에 관해선 할 말이 없습니다. 저는 다른 문제에 대해서 생각하고 있었는데, 유감스럽네요. 전화를 끊겠습니다."

─자, 잠깐만요! 죄송합니다. 제가 착각했습니다. 죄송합니다, 작가님.

찬호는 다급하게 말을 취소하며 사과했다.

자신이 했던 말을 취소하는 것으로 그는 규현이 강자라는 것을, 그리고 스스로가 약자라는 것을 인정한 것이나 다름없었다.

"그럼 이제 '진짜' 용건을 말씀해 보세요."

─알겠습니다. 돌려 말하는 걸 불쾌하게 생각하시는 것 같으니, 단도직입적으로 말씀드리겠습니다. 이상진 작가의 표절과 리디스 미디어에 대한 근거 없는 소문에 대해 해명해 주시고 저희 작가를 빼 가는 것을 멈춰주세요. 물론 대가는 지불하겠습니다.

규현은 눈살을 찌푸렸다. 무리한 요구가 다소 섞여 있었다.

"그건 좀 힘들 것 같습니다."

—네?

"리디스 미디어에 대한 근거 없는 소문은 제가 해명한다고 해서 해결될 일이 아니고, 이상진 작가의 표절에 대해서 서로 합의를 본 내용이라고 공지로 해명하는 건 제가 그냥 싫어요."

최근 하늘을 찌르기 시작한 리디스 미디어의 악명. 원래부터 불씨는 살아 있었다. 규현은 단지 바람만 살짝 불었을 뿐이다.

즉 규현이 해명해도 원인이 제거되지 않는 이상 아무런 효과가 없다는 것이다.

애초에 웃긴 게 규현은 해명할 내용 자체가 없었다. 아무래도 리디스 미디어가 워낙 다급해서 협상 내용을 제대로 검토하지 못한 것 같았다.

다만 이상진 작가와 관련된 문제는 규현이 해결할 수 있는 것이었다.

공지로 세계관을 공동으로 작업했다고 한마디만 하면 해결되는 문제였다.

그동안의 침묵이 다소 문제가 되긴 하겠지만 큰 영향은 가지 않을 것이다.

그렇지만 이상진 작가를 도와주는 것은 하기 싫었다. 규현은 성인(聖人)이 아니었다.

용서에는 한계가 있었다.

—그렇다면 마지막은 해결해 줄 수 있다는 말씀이신가요?

찬호의 말에 규현은 살짝 놀랐다. 리디스 미디어가 진짜 다급한 모양이었다.

찬호가 전혀 예상외의 반응을 보였다. 당연히 이상진 작가 문제를 해결하기 위해 밀어붙일 것이라 생각했는데 바로 포기한 것이다.

리디스 미디어는 이전에 귀환 황제 전기와 리턴 황제 폐하가 논란에 휩싸였을 때는 판타지 제국과 협상을 하면서까지 상진을 살렸던 모습을 보였다. 그때에 비해 180도 바뀐 찬호의 태도는 규현을 놀라게 하기에 충분했다.

"네. 어쩌면 가능할 것 같습니다."

—정말 감사합니다.

찬호의 목소리에서 여러 감정을 느낄 수 있었다. 찬호가 그런 반응을 보이는 것도 당연했다.

규현이 리디스 미디어의 작가들을 영입하는 것을 그만두면 여러 가지 의미로 리디스 미디어의 숨통이 열리기 때문이었다.

물론 그것만으로 리디스 미디어의 포텐 터진 악명을 잠재울 수는 없겠지만, 잠재우는 것에 도움이 될 것이다.

─가능하면 현재 넘어간 작가들의 해명까지 부탁드리겠습니다.

찬호가 간절하게 부탁했다.

작가들이 공지로 해명까지 한다면 들끓는 여론을 어느 정도 진정시킬 수 있을 것이다. 하지만 중요한 게 있는데, 바로 규현의 의사다.

"저는 아직 해준다고는 말 안 했습니다. 제게 뭘 해줄 수 있는지 들어봐야 할 것 같은데요."

규현이 냉정하게 말했다. 아무런 대가 없이 그냥 해줄 수는 없었다.

리디스 미디어와 찬호도 이 사실을 인지하고 있을 것이다. 그들도 분명 카드를 들고 왔을 것이다.

─가람의 소속 작가들의 작품을 리디스 미디어의 인기 작가들과 프로모션을…….

"지금 장난하십니까?"

규현은 단호하게 찬호의 말허리를 잘랐다.

언성도 높아졌다.

리디스 미디어의 제안은 너무 말이 안 되는 것이다. 가람에는 현지와 칠흑팔검이 있었다. 프로모션을 진행하게 된다면 지금 상진이 몰락하기 시작한 리디스 미디어가 훨씬 이익을 보게 된다.

가람이 프로모션을 진행할 힘이 아직 없다는 것을 알고 코를 베어 가려는 약은 수작이었다.

"이런 수작을 거는 거 보니까 아직 여유로우신가 봅니다?"

규현의 말에 찬호는 대답이 없었다. 잠시 침묵이 흐르고 규현이 입을 열었다.

"리디스 미디어의 교차 배너 3개의 이용권, 전부 가람으로 양도해 주시죠."

매니지먼트 가람에 있어서 가장 필요한 것. 그것은 바로 새로 영입한 작가들을 효율적으로 메인에 노출시켜 줄 교차 배너였다.

교차 배너는 노리는 사람들이 많았기 때문에 돈이 많다고 해서 무조건 이용권을 받을 수 있는 게 아니었다.

—작가님, 배너 이용료가 얼마나 비싼 것인지 알고 계시는 겁니까?

찬호가 다소 부정적인 목소리로 말했다. 규현은 치명타를 날릴 필요성을 느끼고 입을 열었다.

"지금 제가 리디스 미디어의 작가들을 빼 가는 것을 멈추지 않는다면, 소문은 더 확산될 것이고 다른 출판사나 매니지먼트에서도 작가를 빼 오기 시작할 것입니다. 그리고 소문이 확산되면 신인 작가들도 리디스 미디어와 계약하지 않으려 할 것입니다."

—작가들을 계속 빼간다면 가람도 구설수에 오를 겁니다.

찬호가 반격했다.

궁지에 물린 쥐는 고양이를 무는 법이다.

"그러면 쪽지를 공개하면 될 것 같은데요?"

규현의 반격에 찬호는 할 말을 잃었다.

그의 말대로였다.

미처 생각하지 못하고 있었는데, 리디스 미디어에서 가람 소속 작가들에게 보낸 쪽지를 규현이 공개하면 리디스 미디어에게 좋지 않은 상황을 야기할 것이다.

—알겠습니다. 전혀 예상하지 못했던 부분이라 내부 회의가 필요합니다. 조금만 기다려 주세요.

"오래 기다리진 않을 겁니다."

그 말을 끝으로 전화 통화가 끝났다.

규현은 승리자의 표정으로 회의실을 나왔다.

규현이 의기양양한 표정으로 회의실에서 나오자 상현이 궁금한 표정으로 입을 열었다.

"형? 무슨 좋은 일이라도 있으세요?"

상현의 물음에 규현은 탕비실의 냉장고에서 피로 회복제를 하나 들고 나와 뚜껑을 열고 마신 뒤 입을 열었다.

"너 이제 여유를 가져도 될 거야. 리디스 미디어에서 너 마킹하는 거 일단 중지하기로 했어."

"정말이에요?"

"거짓말 아니야. 이제 순위 상승할 거니까. 걱정하지 말고."

규현은 고개를 끄덕이며 대답했다.

상현은 안도했다.

지석과 먹는 남자는 견제를 이겨내고 상승했지만 상현은 그 정도로 뛰어난 재능이 없었다. 지석과 먹는 남자가 그물에서 탈출하자 그들은 화풀이라도 하듯 상현을 더욱 견제했고 결국 지금은 회복했지만 한때 순위가 상당히 하락했었다.

"이제 안심이겠네요."

"그래. 다 잘될 거야."

규현은 그렇게 말하며 의자 등받이에 몸을 기댔다. 특별한 일이 없으면 이제 시간이 해결해 줄 것이다.

＊   ＊   ＊

리디스 미디어는 결국 규현의 제안을 받아들였다.

그들이 가진 교차 배너 3개의 이용 권한을 가람에게 양도하는 대신 규현은 리디스 미디어 작가들을 빼 가는 것을 중단했고, 리디스 미디어 소속이었던 형태에게 사소한 해명글을 올릴 것을 부탁했다.

하지만 형태가 해명글을 올리고 규현이 작가 빼 가기를 중단했음에도 불구하고 여전히 리디스 미디어를 향한 좋지 않은 여론은 사그라들 줄을 몰랐다.

리디스 미디어의 메인 작가인 상진 또한 규현을 잘못 건드리는 바람에 제대로 피를 보고 있었기 때문에 리디스 미디어는 더 이상 회생할 방법이 없어 보였다.

리디스 미디어는 장르 소설 출판사 중에서 나름 유명하고 덩치도 있었기 때문에 쉽게 망하지는 않겠지만 이번 일로 인해 많은 피해를 본 것은 확실했다.

게다가 리디스 미디어에 대한 작가들의 인식 또한 좋지 않은 쪽으로 변하게 되었다.

원래는 리디스 미디어의 악명을 알고 있던 사람들은 대개 출판 경험이 있는 작가들이었다.

하지만 소문이 확산되면서 문학 왕국에 처음 들어와 연재를 시작한 파릇파릇한 신인 작가들도 리디스 미디어에 대해 알게 되었고 리디스 미디어에서 계약 쪽지가 와도 바로 받지 못하고 계약을 망설이게 되었다.

[님들, 리디스 미디어에서 쪽지가 왔어요. 계약해도 좋을까요?]

이런 게시글이 문학 왕국 커뮤니티나 소설 커뮤니티에 올라오면.

[탁구공: 절대 계약하지 마세요. 아주 질 나쁜 곳임.]

[철수하라: 가면 방치되기 딱 좋은 선작이네요.]

[겸손한 히드라: 이전 페이지 글만 읽어도 어떤 곳인지 알 겁니다. 극구 말리고 싶네요.]

이런 댓글들이 달렸다.

신인 작가들에게 있어서 리디스 미디어는 절대로 계약하지 말아야 할 출판사로 낙인찍히고 말았다.

신규 작가의 영입이 없는 상태라서 가뜩이나 힘들었는데, 설상가상으로 기존의 작가들마저 차기작 계약을 기피하는 모습을 보였고, 작품이 끝나면 곧바로 다른 출판사로 넘어가 버렸다.

문학 왕국은 수많은 출판사와 매니지먼트가 경쟁하는 무서운 전쟁터였다. 그 문학 왕국에서 리디스 미디어가 설 자리는 점점 없어지고 있었다.

23장

문학인의 밤

"벌써 11월이네요."

지은이 규현을 보며 입을 열었다. 두 사람은 캠퍼스에 마련된 벤치에 앉아 도시락을 먹고 있었다. 물론 먹고 있는 도시락은 편의점에서 산 게 아닌 지은이 직접 만든 음식들로 채워진 도시락이었다.

규현이 말렸지만 지은은 가끔씩 점심 시간마다 직접 요리한 음식들로 채워진 도시락을 들고 규현을 찾아왔다. 물론 규현이 점심을 먹으면 도시락을 먹을 사람이 사라지기 때문에 전날 미리 문자를 보내서 양해를 구했다.

처음에는 도시락의 구성이 오직 김밥뿐이었다. 그래서 먹는 데 많이 고통스러웠지만 언제부턴가 지은이 요리를 정식으로 배우기 시작하면서 도시락의 구성이 다양해졌다.

"벌써 11월이야? 시간 정말 빨리 가네."

지은의 말에 규현은 새삼스럽게 놀라며 스마트폰으로 날짜를 확인했다. 그녀의 말대로 벌써 11월이었다. 그동안 불어난 작가들의 원고를 수정하고 북페이지 프로모션을 진행하느라 너무 바빴었다.

'석규 씨를 영입 안 했으면 정말 힘들었을 거야.'

규현은 입가에 미소를 머금은 채 생각했다. 최근 석규라는 이름의 편집자를 영입한 덕분에 일거리가 많이 줄어들었다. 물론 아직도 모든 스토리 교정은 규현이 맡아서 하고 있기 때문에 많아진 작가 수만큼 여유는 줄어들 수밖에 없었다.

"오빠, 쉬면서 하세요."

"걱정해 줘서 고마워. 도시락도 자주 챙겨주고, 진짜 고맙다."

규현의 말에 지은은 그저 미소를 지어 보일 뿐이었다. 도시락에 담긴 음식들이 모두 규현과 지은의 입 속으로 들어가고 빈 도시락 통만 남았을 때, 규현의 스마트폰에 문자가 도착했다.

"오빠, 문자 왔어요."

"지금 확인하려고."

규현은 빈 도시락 통을 옆으로 살짝 치운 뒤 주머니에서 스마트폰을 꺼내 문자메시지를 확인했다.

[안녕하세요, 정규현 작가님. 한국문학인협회입니다. 작가님을 12월 20일 문학인의 밤에 초대합니다.]

"내 전화번호를 어떻게 알았지?"

규현은 눈살을 찌푸렸다. 한국문학인협회에서 자신의 개인 정보를 어떻게 알고 있는 것인지 궁금했다. 그의 기억이 틀리지 않다면 한국문학인협회에 가입한 적은 없었다.

"오빠? 왜 그러세요?"

갑작스러운 규현의 반응에 지은이 걱정스럽다는 표정으로 물었다. 규현은 문자 내용을 확인하며 입을 열었다.

"잠깐만, 지금 문자메시지 내용만 확인하고."

규현은 문자메시지 내용을 확인했다. 전화번호를 어떻게 알았는지는 모르겠지만 한국문학인협회에서 보낸 문자답게 온갖 미사여구로 치장된 장문의 글이 적혀 있었지만 핵심 내용은 극히 짧았다.

첫 번째 문장에서 한 말대로 12월 20일에 열리는 한국문학인협회의 송년회인 문학인의 밤에 그를 초대한다는 것이었다.

그 외에는 필요 없는 미사여구로 치장된 안부글이었고 장소에
대한 안내가 간략하게 적혀 있었다. 사실 규현은 몰랐지만 그
의 개인 정보를 제공한 사람은 석현이었다.

지은은 규현이 입을 열 때까지 가만히 기다리고 있었다. 문
자메시지 내용을 모두 읽은 규현이 마침내 입을 열었다.

"한국문학인협회에서 나를 송년회에 초대하겠다고 하네."

"한국문학인협회에서요? 그럼 문학인의 밤에 초대하겠다는
거예요?"

"문학인의 밤을 어떻게 알고 있어?"

놀랍게도 지은은 문학인의 밤에 대해 알고 있었다. 규현은
몰랐지만 그녀는 대기업 회장의 딸로서 사교계 모임에도 가끔
참석했었다. 그곳에선 많은 정보들이 오고 갔고 그중에선 문
학인의 밤에 대한 정보도 있었다.

"이, 인터넷에서 봤어요."

"그렇군."

지은은 대충 변명했다. 다행히 규현은 납득하는 것 같았다.

"문학인의 밤… 참석하실 생각이에요?"

지은이 물었다. 그녀도 장르 소설을 좋아하는 독자로서, 장
르문학 작가들이 순수문학 작가들에게 어떤 취급을 받는지
대충은 알고 있었다. 그리고 문학인의 밤은 장르문학 작가들
도 참여하긴 하지만 소수에 불과하고 사실상 순수문학 작가

들의 축제라고 볼 수 있었다.

비록 잘나가긴 하지만 장르문학 작가인 규현이 그곳에 참석했다가 모욕을 받을까 봐 지은은 걱정이 되었다. 하지만 규현의 인생에 자신이 관여할 입장은 아니었기 때문에 의견을 말하는 대신 조용히 규현의 말을 기다렸다.

"특별한 일이 없으면 가려고."

요즘 바쁘긴 했지만 특별한 일이 없으면 가고 싶었다. 그는 다른 작가들을 만나는 것을 좋아하는 편이었다. 그래서 만년필에 자주 참석하는 편이었는데 최근 매니지먼트를 차리고 대표가 되면서 참석하기 애매한 위치가 되는 바람에, 만년필 모임에도 나가지 못하고 있었다.

그래서 규현은 정말 순진하게 다른 작가를 만날 생각에 들떠 있었다. 그는 아직 어렸고 즉흥적이었다. 장르문학 작가가 순수문학 작가에게 무시당하고, 문학인의 밤은 순수문학 작가들이 점령하고 있다는 사실은 분명히 알고 있었다.

하지만 이미 결정을 내린 규현은 그런 사실들을 앞에 두고서도 외면했다. 흔히들 말하는 보고 싶은 것만 보는 현상이었다.

"오빠, 바쁘실 텐데 거절하는 게 좋지 않을까요?"

지은은 아주 조심스럽게 그를 문학인의 밤에 참석하지 않는 방향으로 유도했다. 규현이 기분 나쁘지 않도록 조심스럽게 일을 핑계로 내세웠다.

"하루 정도는 자리를 비워도 괜찮을 거야. 나도 슬슬 휴가
가 필요하기도 하고."

"으……."

규현의 결정에 지은은 어쩔 줄 몰랐다. 그녀는 시선을 좀처
럼 고정하지 못하고 눈동자를 이리저리 굴렸다.

"무슨 일 있어?"

"아, 아니에요! 오늘 먼저 가볼게요!"

지은은 도망치듯 자리를 떠났고, 규현은 멀어지는 그녀의
뒷모습을 보며 머리를 긁적였다. 그러고는 참석하겠다는 의사
를 답장으로 보냈다. 답장을 보내야만 초대장이 발송된다고
문자메시지에 적혀 있었기 때문이다.

*　　　　　*　　　　　*

안경을 쓴 점잖은 인상의 남자가 책을 읽고 있었다. 그는
문자메시지가 도착했다는 알림음을 듣고 스마트폰을 들어 올
렸다.

[안녕하세요, 정현도 작가님. 한국문학인협회입니다. 작가님
을 12월 20일 문학인의 밤에 초대합니다.]

그는 1세대 작가 정현도였다. 문자메시지를 확인한 현도는 눈살을 찌푸렸다. 순수문학 작가라면 당연히 기뻐할 만한 문자메시지였지만 장르문학을 쓰고 있는 현도의 입장에선 별로 반갑지 않은 초대였다.

필히 참석해야 하는 자리는 아니었기 때문에 현도는 문학인의 밤에 매번 참석하지 않았다.

사실 문학인의 밤에 참석하는 장르문학 작가들은 대부분 갑자기 인기를 얻은 작가들이 대부분이었다. 그들은 문학인의 밤이 얼마나 악명 높은지 모르는 상태에서 참석한다. 그리고 순수문학 작가들에게 호되게 무시를 당하고 나서야 다시는 발을 들이지 않는 경우가 대부분이었다.

"작가님, 먼저 와 계셨네요?"

"아, 김상균 작가님. 오랜만입니다."

단정한 용모의 상균이 등장하자 현도는 미소를 지으며 의자에서 일어나 상균을 향해 손을 내밀었다. 상균도 미소를 지으며 현도의 손을 맞잡고 가볍게 악수했다.

"저 커피 주문하고 올게요."

상균은 현도와 가벼운 인사를 나눈 뒤 커피를 주문하기 위해 잠시 자리를 떠났다. 5분 정도 시간이 흐른 후 다시 돌아온 그는 따뜻한 아메리카노 한 잔을 들고 있었다. 그는 아메리카노를 테이블에 올려놓으며 조심스럽게 의자에 앉았다.

"작가님 표정이 별로 좋지 않은 것 같습니다. 무슨 일이라도 있으신지요?"

조금 나아지긴 했지만 여전히 굳어 있는 현도의 표정을 본 상균이 물었다. 현도는 커피를 입가로 가져가 한 모금 마신 뒤 입을 열었다.

"문학인의 밤 관련해서 문자메시지를 받았습니다."

"그러고 보니 벌써 시간이 그렇게 되었네요. 당연히 참석하실 거죠?"

"글쎄요. 저는 사실 고민을 하고 있습니다."

상균의 물음에 현도는 턱을 긁적이며 확답을 피했다.

"김상균 작가님은 참석하실 겁니까?"

현도의 물음에 상균은 고개를 끄덕였다.

"이미 초대장도 받았습니다. 저는 다른 작가님들보다 조금 빨리 문자메시지를 받은 것 같습니다."

가끔 다른 사람들보다 먼저 참석 여부를 묻는 문자메시지가 도착하는 경우도 있었다.

"작년에 참석하셨으니 올해는 쉬셔도 될 텐데요."

"실은 이번에 뉴페이스가 뜬다고 하더군요."

현도가 말에 상균이 대답했다. 현도와 상균 등의 장르문학 작가들의 체면이 있으니 매년 불참할 수는 없었고 2년에 1번 정도는 참석하려고 노력하는 편이었다. 그리고 가끔 장르문학 쪽에서 새로운 참석자가 나올 때는 꼭 참석을 했다.

순수문학 작가들의 노골적인 공격을 혼자서 견뎌내는 것은 무리였다. 혼자서 견디는 것보다는 여러 명이서 함께 견디는 것이 더 수월하기 때문에 현도와 상균은 후배 작가들을 지키기(?) 위해서라도 새로운 얼굴이 나올 때는 꼭 참석했다.

"사람이 많아서 당분간 장르문학에서는 기존의 작가들을 제외하면 초대하지 않겠다고 하지 않았어요?"

정말 우습고 쪼잔하게도 한국문학인협회는 문학인의 밤을 진행할 때 순수문학 측의 인원은 수에 제한을 두지 않지만 장르문학 측의 인원은 제한을 두고 있었다.

"이번에 이상진 작가님을 초대하지 않는다고 들은 것 같아요."

상균은 한국문학인협회의 친한 관계자로부터 들은 정보를 현도에게 말했다. 상균의 말대로 한국문학인협회에선 이번 문학인의 밤에 상진을 초대하지 않기로 했다.

그들은 순수문학 작가를 초대할 때랑 다르게 장르문학 작가를 초대할 때는 까다로운 기준을 두고 있었다. 1세대 작가지만 여러 사정 때문에 몰락한 상진을 초대할 가치가 없다고 판단한 것이다.

"이상진 작가를 초대하지 않는다는 겁니까? 그러면 충분히 유명한 1세대 작가 아닙니까?"

현도의 말에 상균은 고개를 저으며 입을 열었다.

"하지만 올해에는 워낙 추락한 탓에 기준에 맞지 않은 모양이더군요. 하긴, 이상진 작가님은 평소 작품 활동이 깨끗하지 않은 편이라, 언제 잘려도 이상하지 않을 정도였습니다."

같은 1세대 작가지만 상균은 상진을 좋게 보고 있지 않았다. 표절에 가까운 참고를 밥 먹듯이 하는 상진이 1세대 작가라는 이름을 더럽힌다고 생각하고 있었기 때문이었다. 그래서 상진의 몰락에 속으로 웃고 있었다.

"그놈의 기준. 말이 기준이지 순 자기들 마음대로 아닙니까?"

"저도 알고 있습니다. 자기보다 돈 잘 버는 장르문학 작가가 있으면 배가 아파서 추천하는 것을 말입니다. 이번에도 그런 경우 같더군요."

순수문학 작가와는 다르게 장르문학 작가가 문학인의 밤에 초대받기 위해서는 추천을 받아야만 하는데, 문제는 이 추천을 자기보다 많은 부를 축적한 유명 장르문학 작가를 시기해서 모욕을 주기 위해서 사용하는 경우가 많다는 것이었다.

순수문학 작가들 같은 경우엔 최상위권은 엄청난 양의 인세를 쓸어 담지만 그 밑은 힘든 생활을 하는 경우가 제법 있었다. 장르문학 같은 경우에도 상황은 비슷하지만 아무래도 중상층이 순수문학보다는 그럭저럭 인세를 많이 받는 편이었다.

"그래서 이번에는 누굽니까? 우리와 함께 집중포화를 맞을 작가는?"

"정규현 작가입니다. 들어 보셨을 겁니다."

"정규현 작가라면 들어봤습니다. 20대 중반인데 초대를 받다니 대단하네요."

"그리고 벌써 그 나이에 적을 만들었다는 것을 의미하기도 하죠."

현도의 말에 상균이 두 눈을 빛내며 커피를 마셨다. 시럽을 넣지 않아서 쓴 커피 맛 때문인지, 규현이 처한 상황에 한국문학인협회에 대한 회의감이 들었는지 알 수는 없었지만 그는 눈살을 찌푸리며 커피가 절반쯤 남은 머그컵을 내려놓았다.

"한때는 이상진 작가가 제일 어렸는데, 그것도 옛날이야기 군."

현도가 과거를 회상하며 말했다. 예전만 해도 이 중에선 상진이 어린 편에 속했었다. 이름 좀 있는 순수문학 작가들은 다들 나이가 어느 정도 있었고, 처음 초대를 받았던 1세대 작가들도 다들 나이가 많았다. 그런데 이제는 점점 초대받는 나이가 어려지고 있었다.

"다들 젊어서 그런지 그곳에서 망신을 당하면 멘탈이 쉽게 깨지더군요."

상균이 말했다. 사회생활 경험이 적은 젊은 작가들은 상대의 노골적인 적의에 멘탈이 너무나 쉽게 부서졌다. 심한 경우 절필을 하는 작가들도 있었다. 그건 매년 어렵지 않게 볼 수 있는 광경이었다.

"정규현 작가는 부디 멘탈이 깨지지 않았으면 하네요."

"그랬으면 좋겠습니다. 후배 작가를 위해서 저희가 해줄 수 있는 게 거의 없으니 안타까울 뿐입니다."

현도의 말에 상균은 동조하며 머그컵을 입가로 가져갔지만 커피는 이미 다 마신 뒤였다. 그는 어색하게 웃으며 머그컵을 테이블 위에 올려놓았고 현도는 복잡한 표정으로 턱을 긁적였다.

"아무튼 꼭 참석해 주세요."

상균의 말에 현도는 입가에 미소를 그렸다.

"그것으로 도움이 된다면 당연히 참석하겠습니다."

사실 상균과 현도라면 굳이 문학인의 밤에 참석할 필요가 없었다. 인맥과 영향력은 충분하고 순수문학에 뜻이 있는 것도 아니니까. 하지만 그럼에도 불구하고 그들이 참석하는 이유는 후배 작가들의 보호를 위해서였다.

*　　　　*　　　　*

문학인의 밤이 다가올수록 규현은 묘한 기분에 사로잡혔다. 이유와 원인은 알 수 없었다. 그게 불안인지도 확실치 않은 가운데, 시간은 흘러 문학인의 밤이 진행되는 12월 20일 오후가 되었다.

"슬슬 이사도 해야겠다. 부모님 집을 사 드리는 게 먼저인가?"

차에 탑승하며 규현은 생각했다. 원룸을 벗어날 자본은 충분했다. 다만 그동안 작품 활동과 경영에 집중하면서 부모님에게 신경을 쓰지 못한 게 마음에 걸렸다. 그래서 우선 부모님에게 더 좋은 집을 선물하고 싶었다. 꼭 집이 아니라도 신경을 조금 더 써드리고 싶었다.

용돈은 꼬박꼬박 보내 드렸지만 규현은 용돈만 드리는 것을 효도라고 생각하지 않았다. 조금 더 신경을 써드려야만 했다.

'내일부터 조금 여유가 생길 것 같으니, 신경 좀 써야겠다.'

규현은 내일부터라도 부모님께 신경 쓸 것을 다짐하며 송년회 장소를 향해 차를 몰았다.

"하필 퇴근 시간……."

퇴근 시간이라 교통 체증이 매우 심했다. 규현은 조심스럽게 스마트폰을 꺼내서 시간을 확인했다. 아슬아슬했다. 어쩌면 늦을 수도 있을 것 같았다.

'늦으면 안 되는데…….'

규현은 운전대를 잡은 채 전방을 주시하며 눈살을 찌푸렸다. 첫인상이 중요한데 늦으면 왠지 마이너스 점수를 받을 것 같았다.

교통 체증이 심하긴 했지만 우여곡절 끝에 어떻게든 송년회 장소에 도착할 수 있었다. 빌딩 옆에 붙어 있는 주차장에 차를 주차하고 난 뒤 승강기를 타고 초대장에 적혀 있는 곳으로 향했다.

'망했다.'

문학인의 밤 송년회 장소에 도착하자마자 첫 번째로 든 생각이었다. 안에는 이미 작가로 보이는 사람들로 가득했다. 시간을 확인하니 이미 시작 시간에서 30분 정도 지난 뒤였다. 지루한 식순이 끝난 것은 반가워할 일이었지만 처음 보는 작가들에게 지각생으로 낙인찍힐 지도 모른다는 생각이 들어 규현은 살짝 불안했다.

"정규현 작가님이시죠? 이 명찰을 걸어주시겠습니까?"

진행 요원으로 보이는 남자가 규현에게 다가와 목에 거는 명찰을 건네주었다. 명찰을 확인해 보니 '정규현(수호자)'라고 적혀 있었다. 명찰을 목에 걸고 멀뚱멀뚱 서 있으니 여기저기서 시선이 느껴졌다. 그런데 조금 이상했다. 마치 조롱하는 듯한 시선도 느껴졌다. 규현은 살짝 불쾌해져서 눈살을 찌푸렸다. 때마침 테이블에 앉아 있던 현도가 방황하는 규현을 발견하고 어딘가로 잡아끌었다.

"저, 정현도 작가님? 제 자리는 저기 있는 것 같은데……."

자신을 잡아끄는 대상이 1세대 작가 중에서도 거장으로 불리는 현도라는 것을 명찰로 알게 된 규현은 존경하는 1세대 작가를 만났다는 사실에 조금 들뜬 목소리로 말했다.

주변을 두리번거리면서 우연히 본 것이었다. 하지만 현도는 말없이 규현을 자신이 앉아 있던 테이블로 데려가 빈자리에 앉혔다.

"수호자 작가님이라고 해야 하나? 어떻게 불러 드릴까요?"

"편하신 대로 불러주세요."

"그럼 정규현 작가님이라고 부르겠습니다. 지금부터 제가 하는 말 잘 들으세요. 작가님의 자리는 지금부터 여깁니다. 그리고 저랑 원래부터 아는 사이였던 것처럼 행동하세요."

현도는 규현에게만 들릴 정도로 아주 작은 목소리로 말했다. 규현은 이해가 가지 않는 표정이었다.

"곧 진행 요원이 올 테니, 자세한 설명은 나중에 해드리죠."

"수호자 작가님? 작가님 자리는 저쪽입니다."

현도의 말대로 진행 요원이 찾아왔다. 그는 규현에게 정해진 자리로 이동할 것을 요청했지만 현도가 점잖게 웃음을 흘리며 입을 열었다.

"빡빡하게 굴지 말고 좀 봐주면 안 되나? 개인적으로 친분이 있어서 그렇다네."

"그래. 좀 봐주게나."

현도와 상균의 말에 진행 요원은 곤란한 표정이었다. 현도와 상균은 1세대 작가 중에서도 영향력이 상당한 작가들이었다. 한국문학인협회에도 순수문학 작가만큼은 아니지만 어느 정도 영향력을 행사할 수 있을 정도였다. 특히 상균은 협회에 아는 사람이 많았다.

"알겠습니다. 두 분께서 이러시는 거 한두 번도 아니고 넘어가겠습니다."

진행 요원은 규현을 정해진 자리에 착석시키라는 지시를 받은 상태였지만 상습범인 현도와 상균을 이길 능력이 없었다. 억지로 정해진 자리에 착석시키는 방법도 분명 있지만 여러 의심을 살 수도 있고 여러 모로 복잡해지기 때문에 하지 않는 게 좋았다.

진행 요원은 짜증 섞인 표정을 애써 숨긴 채 테이블에서 떠나갔다. 현도와 상균은 나이에 맞지 않게 해냈다는 성취감 어린 표정을 지었고 상황을 이해하지 못한 규현은 의자에 앉아 눈동자만 이리저리 굴릴 뿐이었다.

"상황을 설명해 줄게요."

현도와 상균을 대신해서 한대진이라는 이름이 적힌 명찰을 목에 걸고 있는 작가가 상황을 설명했다. 설명을 다 들은 규현의 얼굴 표정이 변했다. 처음 문을 열고 들어올 때와 비교하면 확실히 어두워졌다.

살짝 소름이 돋았다. 현도와 상균이 구해주지 않았다면 순수문학 작가들에게 둘러싸여 온갖 모욕을 당했을 것이다. 생각만 해도 소름이 끼쳤다.

"그럼 이제 안전한 건가요?"

규현이 물었다. 태산과 같은 1세대 작가들과 함께 있으니, 어떤 거친 폭풍도 그들이 막아줄 것 같았다.

"아뇨. 이제 슬슬 이쪽으로 올 겁니다."

상균의 말대로 식사가 시작되자 익숙한 얼굴의 남자가 순수문학 작가들로 보이는 남자 3명과 함께 규현이 있는 곳으로 거리를 좁혀왔다. 그중 한 명은 규현이 아는 사람이었다.

"강석현?"

처음에는 그가 왜 여기 있나 싶었지만, 그의 아버지가 어떤 사람인지 기억해 낸 규현은 납득할 수 있었다. 거기다 석현은 순수문학의 길을 걷는 작가 지망생이었으니 아버지의 연줄을 조금 빌린다면 이 자리도 충분히 올 수 있다고 생각했다.

"정규현 씨군요. 소문을 많이 들었습니다. 저는 박지호라고 합니다."

그렇게 말하며 지호는 손을 내밀었다. 규현은 두 눈을 가늘게 뜨고 그를 보았다. 그는 규현을 부를 때 '작가'라는 말을 쓰지 않았다. 그동안 너무 많이 들어서 익숙한 그 호칭이 없어지니 어색함이 느껴졌다.

"지금 리턴 엠페러라는 작품을 연재 중인 정규현이라고 합니다. 수호자라는 필명으로 활동 중입니다."

"풉!"

규현의 말에 지호의 옆에 서 있던 젊은 남자의 입에서 웃음이 새어 나왔다. 최소한의 예의를 지키기 위해 다급하게 입을 막긴 했지만 여전히 입꼬리가 올라가 있는 것이 비웃는 기색이 역력했다.

"뭐가 웃기신가요?"

규현이 조금 불쾌한 표정으로 묻자 젊은 순수문학 작가는 애써 웃음을 참으며 입을 열었다.

"아, 죄송합니다. 돈 때문에 공장에서 찍어내듯이 쓰는… 작품성 제로인 판타지 소설 따위를 '작품'이라고 표현하는 게 웃겨서 말이에요."

그의 말에 규현은 침묵을 지켰고 현도는 깜짝 놀랐다. 지금까지는 없었던 강도 높은 도발이었기 때문이었다. 상균은 걱정스러운 표정으로 규현의 뒷모습에 시선을 고정했다. 젊은 혈기에 언성을 높일 것이라고 상균은 예상했지만, 규현은 침착하게 침묵을 지키고 있었다.

"규현아, 너무 부들부들하지 마."

석현이 입꼬리를 끌어 올리며 비꼬았다. 규현은 여유롭게 미소를 지었다.

"부들부들한 적 없어. 그냥 할 말이 없어서 입을 닫고 있었던 거야."

석현이 모습을 드러낸 시점에서 규현은 이 모든 일이 그의 계획에서 시작되었다는 것을 어느 정도 눈치챌 수 있었다. 규현이 말을 마치자, 가만히 듣고 있던 현도가 의자에서 일어나며 입을 열었다.

"다들 너무 말씀이 심한 것 같네요."

"저도 그렇게 생각합니다. 석현 군, 그리고 유 작가, '일단은' 그만하세요. 아직 2차도 갈 건데, 천천히 하시죠."

그렇게 말하며 지호는 입꼬리를 끌어 올렸다. 그의 말을 해석하자면 2차 가서도 괴롭혀야 하니까 도망치지 않도록 적당히 가지고 놀자는 말이었다.

'나이에 맞지 않게 노는군. 정말 나이를 거꾸로 먹었어.'

규현을 비웃는 지호를 현도는 한심하다는 듯 보며 고개를 저었다.

*   *   *

무시는 기본이고 모욕은 옵션이었다. 현도와 상균의 노력에도 불구하고 그날 규현은 상처투성이가 되어 집에 돌아왔다. 집중포화를 맞고 있음에도 불구하고, 규현은 2차까지 참석했다. 그리고 온갖 방법으로 무시당하고 모욕을 받아냈다. 규현이 2차까지 참석한 이유가 있었다. 바로 기억하기 위해서였다. 그는 자신을 모욕하고 무시하면서 즐거워하는 그들의 얼굴을 뇌 깊은 곳에 똑똑히 기억했다.

　다행히 순수문학 작가 중에서도 장르문학에 대해 우호적인 입장을 가진 작가들이 있었고, 그들의 도움 덕분에 규현은 멘탈이 모래알처럼 잘게 박살 나는 것을 막을 수 있었다.

　"후우!"

　주차장에 차를 주차하고 집으로 돌아온 규현은 거친 숨결을 내뱉으며 외투를 벗어 침대에 아무렇게나 던져 버렸다. 그리고 그 옆으로 몸을 던졌다. 세미 정장을 입은 채로 침대에 누운 규현은 천장을 보며 오늘 있었던 일을 곱씹었다.

　그들은 마치 순수문학이 선택받은 자들만 쓸 수 있는 문학으로 생각하고 있었다. 규현은 그 오만한 생각을 고쳐 주고 싶었다.

　'순수문학?'

　규현의 두 눈이 반짝였다. 그는 벌떡 일어나 컴퓨터를 켰다. 그리고 코리아 문고에 접속하여 순수문학과 관련된 책 열권을 주문했다.

'내가 한번 써본다.'

다시 한번 폭풍이 시작되려 하고 있었다.

"모두 안녕하세요."

사무실 문을 열고 규현이 인사를 하며 걸어 들어왔다. 평소에 비하면 기운이 없어 보였지만 어제 문학인의 밤에서 받은 모욕을 생각하면 놀라울 정도의 회복력이었다.

"어서 오세요, 대표님. 문학인의 밤은 어땠습니까?"

이른 아침이었기 때문에 사무실 안에는 평소처럼 칠흑팔검밖에 없었다. 언제나 부지런한 그는 문학인의 밤에 대해 궁금했는지 규현을 보자마자 질문을 던졌다. 그의 입에서 문학인의 밤이라는 말이 나오자 어젯밤 있었던 일이 다시 떠오르는 것인지 규현의 표정이 잠깐 안 좋아졌다가 회복되었다.

"제 생각엔 멘탈이 정말 좋지 않은 이상에야 장르문학 작가는 참석하지 않는 게 좋을 것 같아요."

의자에 앉아 가방에서 노트북을 꺼내며 규현은 솔직하게 느낀 점을 말했다. 칠흑팔검은 꾸준히 유명세를 얻고 있는 작가다. 그렇기 때문에 언젠가는 문학인의 밤에 초대될 것이다. 아마도 규현이 충고하지 않는다면 그는 호기심에 참석할 것이다.

대부분의 장르문학 작가들이 호기심 또는 협회라는 거대한 세력에 발을 담근다는 생각으로 참석했다가 순수문학 작가들로부터 피를 보게 된다. 그래서 그는 미리 칠흑팔검에게 가지 않는 게 좋다고 충고했다.

"대충 무슨 상황이 있었는지 예상이 가네요."

칠흑팔검은 예상이 간다는 표정으로 고개를 끄덕이며 말했다. 어제 문학인의 밤에 참석했던 것은 아니었지만 규현의 표정과 말투, 그리고 평소 순수문학 작가들이 장르문학 작가들을 무시한다는 점을 조합해 보면 어제 무슨 일이 있었다는 것을 대충 예상할 수 있었다.

"아무튼 안 가는 게 좋아요."

규현은 다시 한번 강조한 뒤 문서 작성 프로그램을 켜고 글을 쓰기 시작했다. 시간이 조금 지나자 사람들이 한 명씩 조용히 사무실에 들어와 의자에 앉아서 각자의 일을 보기 시작했다.

편집자인 석규는 원고를 교정하느라 바빴고 다른 작가들은 작품에 집중하고 있었다.

다들 칠흑팔검처럼 규현에게 문학인의 밤이 어땠냐고 물어보려 했지만 상현의 첫 번째 질문에 규현의 표정이 좋지 않아지는 것을 보고 모두 질문을 삼켰다. 점심 식사가 끝나고 오후가 되자 규현에게 택배가 도착했다.

"꽤 무거워 보이네요?"

"책이에요. 공부할 게 있어서."

먹는 남자가 호기심을 보이자 규현이 설명했다. 노트북을 덮고 가방에 집어넣은 그는 박스를 뜯어서 책들을 꺼냈다. 그리고 그중에서 가장 눈에 먼저 들어온 책을 집었다. '한국 문학의 역사와 이해'라는 책이었다.

"순수문학 책이네요?"

탕비실 냉장고에서 피로회복제 한 병을 들고 나오던 칠흑팔검은 규현의 책상 위에 어지럽게 흩어져 있는 순수문학 관련 서적을 보고 호기심을 보였다. 그는 규현의 책상과의 거리를 좁히며 피로회복제를 따서 마셨다.

"혹시 순수문학 쓰시려고 하는 겁니까?"

"생각 중이에요."

칠흑팔검의 물음에 규현은 확실하게 대답하지 않았다. 페이지를 넘기는 규현을 보며 칠흑팔검이 다시 입을 열었다.

"순수문학계는 장르문학 작가의 무덤입니다. 많은 장르문학 작가들이 문을 두드렸지만 막상 문이 열린 적은 몇 번 없지요."

순수문학의 문을 두드렸던 장르문학 작가는 많았다. 부를 거머쥔 작가들은 본능적으로 명예까지 추구했고 그렇게 명예를 얻을 수 있는 순수문학의 문을 두드렸지만 막상 그 문을 연 장르문학 작가는 상당히 적었다.

애초에 장르문학과 순수문학은 많은 것이 달랐다. 장르문학에 익숙해져 있는 작가라면 순수문학을 쉽게 이해하고 쓰지 못할 것이다. 반대로 순수문학에 익숙한 작가 역시도 장르문학에 쉽게 적응하지 못하는 경우가 대부분이었다.

"순수문학에 한번 도전해 보고 싶어졌거든요."

두 눈을 빛내며 대답하는 규현의 모습을 보며 칠흑팔검은 생각에 잠겼다. 키보드 두드리는 소리와 책장 넘기는 소리만 들리는 고요한 사무실. 마침내 생각을 정리한 칠흑팔검이 입을 열었다.

"그러면 제가 조금이나마 도움이 될 수 있을 것 같습니다."

"작가님이요?"

규현이 두 눈을 동그랗게 뜨고 묻자 칠흑팔검은 미소를 머금은 채 고개를 끄덕였다.

"저 사실 문예창작과 출신입니다."

칠흑팔검은 자신에 대해 떠드는 것을 좋아하는 성격이 아니었다. 그래서 규현은 물론이고 사무실의 다른 사람들도 모두 처음 듣는 정보였다.

"전문적인 과외는 불가능하지만 기초는 잡아드릴 수 있습니다."

칠흑팔검이 자신만만하게 말했다. 일단은 문예창작과 졸업생이었기 때문에 순수문학에 대한 기초는 가르쳐 줄 자신이 있었다. 게다가 규현은 장르문학 작가 중에서도 뛰어난 능력을 인정받고 있었다.

장르문학과 순수문학이 다르다고는 하지만 비슷한 점도 조금 있었기 때문에 좀 더 수월하게 가르칠 수 있을 것이라고 칠흑팔검은 생각했다. 규현은 책갈피를 꽂은 뒤 책을 덮었다.

"그런데 작가님의 시간이 부족하지 않을까요?"

칠흑팔검에게 기초를 배우는 것은 분명 반가운 일이었지만 규현은 그가 무리를 하는 것은 아닌지 걱정스러웠다. 그는 작가로서 문학 왕국에서 연재를 하고 있을 뿐만 아니라, 편집자로서 다른 작가들의 원고 교정도 하고 있었다.

규현과 전문 편집자인 석규가 지원하고 있었지만 작가들의 수가 점점 늘어남에 따라 칠흑팔검은 더욱 바빠지고 있었다.

"오후에는 시간이 됩니다. 다른 분들 퇴근하시면 회의실에서 과외를 진행하면 될 것 같습니다. 저보다는 대표님이 시간이 없으실 것 같은데요?"

물론 규현도 한가하진 않았다.

"다행히 저도 열심히 일하면 늦은 오후에는 시간이 날 것 같습니다."

"그럼 당장 오늘부터 시작하죠."

칠흑팔검은 의욕이 넘쳤다. 규현도 덩달아 의욕이 충전되는 느낌이라 기분 좋게 고개를 끄덕였다. 이때까지만 해도 규현은 몰랐다. 칠흑팔검은 사실 스파르타식 교육을 선호한다는 것을.

"먼저 가보겠습니다. 수고하세요!"

편집자 석규를 마지막으로 규현과 칠흑팔검을 제외한 모두가 퇴근했다. 칠흑팔검은 조용히 회의실로 들어갔고, 규현도 뒤따랐다.

"작가님, 저녁 시간이네요. 식사는 뭘로 하시겠어요?"

배가 고파서 시간을 확인해 보니 마침 저녁 시간이었다. 규현은 자연스럽게 저녁 메뉴를 물었지만 칠흑팔검은 가벼운 웃음소리를 흘리며 입을 열었다.

"하하하. 식사를 하기엔 할 일이 너무 많습니다."

그는 그렇게 말하며 가방에서 책을 하나 꺼냈다. 단편소설집이었다. 규현이 순수문학에 도전한다는 것을 알게 된 뒤 잠간 외출을 했었는데 그때 사온 것 같았다.

"일단 이거 필사합니다. 어느 정도 필사한 다음에 식사하시죠."

"이게 아닌데."

규현은 어색한 웃음을 흘렸지만 이미 늦었다. 칠흑팔검의 스파르타식 교육은 시작되었고 벗어날 수 없었다.

　　　　　＊　　　　　　　＊　　　　　　　＊

　며칠 뒤, 금진 빌딩 2층의 매니지먼트 가람의 사무실은 늦은 시간임에도 불구하고 불이 켜져 있었다. 그리고 회의실에서는 규현과 칠흑팔검이 결의에 찬 표정으로 서로를 주시하고 있었다.

　"이제 제가 가르쳐 드릴 건 없습니다. 나머진 대표님이 노력하셔야 해요."

　칠흑팔검이 먼저 말문을 열었다. 그는 규현에게 자신이 기억하고 있는 모든 것을 전수했다. 이것으로 기본기는 갖추었을 터였다.

　"감사합니다. 큰 도움이 된 것 같아요."

　규현이 힘없는 목소리로 대답했다. 고작 며칠 사이에 그는 만성피로에 시달리는 사람처럼 변해 버렸다. 칠흑팔검의 스파르타식 교육에 상당한 양의 정신력을 쏟아부은 탓에 몸도 마음도 지쳐 있었다.

　칠흑팔검의 과외는 정말 힘들었다. 규현과 칠흑팔검, 두 사람 다 시간이 많이 없는 바쁜 사람들이었기 때문에 쉬는 시간은 극히 적었고 필사와 자유 주제 작문 등이 끊임없이 쏟아져 규현을 고통스럽게 했다.

　정말 힘들었지만 규현은 이 모든 것을 견뎌냈고 기본기를 습득하게 되었다. 이게 게임이었다면 띠링! 하는 알림음과 함께 눈앞에 기본 스킬을 습득했다는 안내 메시지가 나타났을 것이다.

"후우!"

"정말 수고하셨습니다."

사무실을 나와 주차장으로 향하면서 규현이 한숨을 내뱉자 칠흑팔검이 옆에서 다시 한번 수고했다고 말했다. 규현은 대답 대신 그를 보며 미소를 지었다. 칠흑팔검과 헤어진 규현은 곧장 집으로 향했다.

집에 돌아온 규현은 아주 빠른 속도로 샤워를 하고 옷을 갈아입었다. 바로 침대에 누워 잠의 늪에 빠져들고 싶었지만 해야 할 게 있었기 때문에 컴퓨터 전원을 켜고 인터넷에 접속했다. 신춘문예 당선작들을 찾아서 읽어보기 위해서였다.

문학 왕국에서 연재를 하면서 규현은 깨달은 점이 있었다. 바로 다른 사람들의 작품을 읽어보는 게 상당히 도움이 된다는 것이었다.

원래 규현은 다른 사람들의 작품을 잘 읽지 않았었지만 작품 스탯을 볼 수 있는 능력이 생기자 시장 파악을 위해 닥치는 대로 읽었다. 그 노력과 능력이 더 해지니 문학 왕국 베스트 1위라는 정점에 오를 수 있었다.

나이버에 검색하니 역대 신춘문예 당선작이 모여 있는 사이트 링크가 있었다. 규현은 링크를 통해 해당 사이트로 들어가서 신춘문예 당선작을 하나씩 수첩에 필기하여 분석하면서 읽었다.

"생각보다 재밌네?"

규현은 감탄했다. 지금까지 살아오면서 순수문학은 거의 읽어본 적이 없었다. 그래서 잘 몰랐는데 막상 읽어보니까 상당히 재미가 있었다.

신춘문예 당선작을 읽는 규현의 눈동자가 반짝이고 있었다. 정신없이 읽다 보니 어느새 시간이 새벽 2시가 되어 있었다. 지금 자지 않으면 아침에 사무실에 출근하는 것에 지장이 생기기 때문에 규현은 컴퓨터를 끄고 침대에 몸을 던졌다.

며칠 동안 규현은 읽는 것을 계속했다. 필사를 하면서 작품 감상은 충분히 했지만 이걸론 부족하다고 생각했다. 리턴 엠페러를 쓰고, 가람 작가들의 스토리 교정을 해주면서 틈틈이 책을 엄청 많이 읽었다. 그 결과 감을 잡을 수 있었다.

순수문학이 선호하는 소재와 전개 방식이 대충 보였다. 순수문학에 어울리는 문체는 칠흑팔검이 시킨 필사 덕분에 익숙해졌다.

회사 일을 모두 끝내고 조금 늦은 시간에 집으로 돌아온 규현은 신들린 사람처럼 단편의 초반부 3천자 정도를 완성했다. 그리고 캔 커피를 따서 마셨다. 그리고 그는 문학 왕국에 비밀글로 설정해서 초반부를 올렸다.

그동안 스탯을 확인하면서 발견한 사실인데 꼭 프롤로그가 아니라도 일정한 글자 수 이상이라면 스탯을 확인할 수 있었다.

[겨울 소나기]
분류: 일반.
종합 등급: D.
30일 뒤 예상 24시간 구매 수: 50.

예상대로 스탯이 보였다. 장르문학이 점령한 곳답게 D급임에도 불구하고 0에 가까운 예상 구매 수를 보이고 있었지만 등급은 제대로 보였다.

"됐다."

등급이 제대로 보인다는 게 중요했다. 이제 높은 등급이 나오는 작품을 완성하면 되는 것이다. 신춘문예는 이미 늦었으니, 목표는 강영호 신인문학상이었다. 강영호는 일제강점기 때 활약했던 작가로 젊은 나이에 목숨을 잃었지만 뛰어난 작품을 많이 남긴 작가로 유명했다.

한국문학인협회에선 강영호의 업적을 기리기 위해 강영호 신인문학상을 만들어 등단의 기회를 제공하고 있었다. 국내에선 메이저 신문사의 신춘문예 다음으로 당선되기 힘들다는 평이 있었다.

규현은 일단 겨울 소나기라는 이름이 붙은 단편을 '실패'라는 이름의 폴더에 넣었다. 실패작이지만 지금 당장 삭제할 생각은 없었다. 나중에 다른 작품과 비교를 해서 문제점을 찾아내고 보완할 생각이었다.

"시간이 늦었군. 자야겠다."

스마트폰으로 시간을 확인해 보니 꽤 늦은 시간이었다. 규현은 가람의 작가가 보낸 스토리 초안을 교정하고 메일로 보내준 뒤 침대에 누워 잠을 청했다.

이른 시간에 깨어난 규현은 사무실로 출근했다. 승강기에서 내리는 순간 한 통의 문자메시지가 도착했다.

[오빠! 저 지은이에요! 오늘 저녁에 시간 있으세요?]

지은이 보낸 문자메시지였다. 오늘은 퇴근하는 즉시 집으로 돌아가 글을 쓰려고 했지만 한두 시간 정도는 시간을 낼 수 있을 것 같았다. 규현이 시간이 될 것 같다고 답장을 보내자 지은으로부터 바로 답장이 도착했다.

[오빠 퇴근할 시간에 맞춰서 갈게요.]

*　　　　　*　　　　　*

　　"새해 복 많이 받으세요."

　　"오빠, 새해 복 많이 받으세요."

　　문을 열고 사무실로 들어가기 무섭게 칠흑팔검과 현지가 새해 인사를 했다. 이른 시간이었지만 웬일로 현지가 사무실에 있었다. 평소였다면 30분 정도 이따가 출근했을 텐데, 의아했다.

　　"새해 인사는 문자로 하셨는데 또 해요? 오늘 1월 2일인데요?"

　　규현은 그렇게 말하며 책상 위에 노트북을 올린 뒤 전원을 켰다. 칠흑팔검은 입가에 미소를 머금은 채 입을 열었다.

　　"직접 만나서 하는 게 기분 좋잖아요? 그리고 1월 1일부터 일주일 동안은 새해 인사를 해도 되는 기간입니다."

　　"그렇군요. 하하."

　　어디서 나온 전통인지는 모르겠지만 일단은 넘어가기로 했다. 바쁘게 노트북 키보드를 두드리며 글을 쓰고 있으니 한 명, 두 명 출근하며 새해 인사를 건넸다. 시간은 금방 흘러 점심 시간이 되었고, 배달 어플을 사용해 간단히 점심을 해결한 규현은 리턴 엠페러를 쓰는 것을 멈추고 인터넷을 검색하기 시작했다.

이제 리턴 엠페러도 7권에 진입했다. 다른 작가들 같은 경우엔 유료 연재를 시작하면 꾸준히 구매 수가 줄어드는 게 보통이다. 하지만 규현의 리턴 플레이어는 A급 최하위로 시작했지만 연독률이 무서울 정도로 줄어들지 않았다. 오히려 점점 상승하는 모습을 가끔 보이기도 했다.

규현이 최신화를 올리기 전에 30일 뒤 예상 24시간 구매 수의 변화를 먼저 확인하고 추가 수정을 거쳤기 때문이었다. 만약 예상 구매수와 스탯을 보는 능력이 없었다면 연독률의 유지는 거의 불가능했을 것이다.

나이버에 접속한 규현은 강영호 신인문학상에 대한 정보를 모으기 위해 검색을 시작했다. 강영호 신인문학상은 신춘문예 다음으로 이름 있는 공모전이었지만 인터넷에는 생각보다 많은 정보가 있지 않았다.

기껏해야 몇 작품을 뽑는지, 그리고 공모가 언제 시작해서 언제 끝나는지 정도였다. 마지막으로 상금에 대한 내용도 있었지만 규현이 원하는 정보는 그게 아니었다. 어떤 작품이 주로 뽑히고 심사 위원들은 주로 어떤 사람들로 구성되며, 그들이 어떤 분위기의 작품을 원하는 것인지 알고 싶었다.

한참 고민을 하던 중, 열심히 노트북 키보드를 두드리며 글을 쓰고 있는 칠흑팔검에게 문득 시선이 향한다. 칠흑팔검은 문예창작과를 졸업했다고 말했었다. 강영호 신인문학상에 대해서도 인터넷에 비해 자세한 정보를 알고 있지 않을까 생각이 들었다.

"칠흑팔검 작가님."

칠흑팔검이 분주하게 움직이던 손을 멈추고 규현을 보았다.

"네. 말씀하세요."

"문예창작과 나오셨다고 하셨죠?"

"네. 그래서 우리 함께 즐거운 시간도 보내지 않았습니까?"

규현의 물음에 칠흑팔검은 대답과 함께 장난스러운 표정을 지었다. 그 모습에 규현은 가벼운 미소를 머금은 채 입을 열었다.

"그렇다면 강영호 신인문학상에 대해서도 아시겠네요?"

"물론 알고 있습니다."

칠흑팔검이 고개를 끄덕이며 대답했다. 모를 리가 없었다. 잠깐이었지만 등단의 꿈을 꾸었던 대학생 시절 유명 신문사 신춘문예는 도전할 엄두도 못 냈었다. 그러다 교수의 추천으로 도전했던 게 강영호 신인문학상이었다.

"도전하시려고요?"

"네."

칠흑팔검의 물음에 규현이 대답했다.

"우리 나라에서 가장 유명한 신문사 세 곳의 신춘문예보단 문턱이 낮다고는 하지만 그렇다고 해서 강영호 신인문학상이 당선되기 쉽다는 것은 아닙니다."

한국의 가장 등단하기 힘들고, 등단했을 때 가장 영향력이 있는 대회는 유명 신문사 세 곳의 신춘문예였다. 물론 등단하는 방법이 신춘문예만 있는 것은 아니었다. 강영호 신인문학상과 같은 신인문학상을 통한 등단과 문예지를 통한 등단도 있었다.

신춘문예를 제외하면 그나마 등단하기 쉬운 편이라곤 하지만, 그것도 신춘문예에 비해서 쉽다는 말이지 결코 쉬운 게 아니었고 강영호 신인문학상은 그중에서도 당선되기 힘든 대회였다.

"가장 빠른 대회가 강영호 신인문학상밖에 없더라고요. 물론 다른 작은 문예지에서 진행하는 신인문학상도 있지만 작은 문예지 등단은 어떤지 칠흑팔검 작가님도 알고 계시리라 생각됩니다."

"그건 저도 잘 알고 있지요."

작은 문예지를 통한 등단은 정말 쉬운 편이었다. 대부분 대회도 자주 여는 편이었고 한 번에 많은 당선자를 뽑기 때문이었다. 하지만 이건 어두운 면이 더 많았다. 이들이 대회를 자주 여는 이유는 단순히 책을 팔기 위해서였다.

그들은 당선자들들에게 책을 최소 30권 이상 사지 않으면 당선을 무효로 한다는 협박에 가까운 제안을 하는데 당선자들은 아무것도 모른 채 등단할 수 있다는 희망에 부풀어 제안을 받아들이는 경우가 대부분이다.

규현이야 돈이 많으니 책을 사는 것은 문제가 아니지만 중요한 것은 이렇게 등단하면 등단했다는 취급조차 못 받는다. 아예 등단하지 못했다는 취급을 받게 되는 경우가 대부분이었다.

"이왕 도전하는 거 큰물에서 놀고 싶네요. 신춘문예는 이미 건너갔고, 시간이 맞는 건 강영호 신인문학상밖에 없어요."

"등단을 목표로 하시는 거군요."

"네."

칠흑팔검의 물음에 규현은 고개를 끄덕이며 대답했다. 사실 칠흑팔검은 처음 규현이 순수문학을 하겠다고 했을 때부터 그가 등단을 목표로 두고 있다는 것을 어느 정도 예상할 수 있었다. 한국에서 순수문학을 제대로 쓰려면 등단은 필수였기 때문이었다.

처음 규현이 순수문학에 뜻을 두고 있다는 것을 밝혔을 때 그의 눈동자는 진지했다. 그래서 칠흑팔검은 규현이 단순히 취미로 순수문학을 하겠다고 한 게 아니라는 것을 어렵지 않게 짐작할 수 있었다.

"강영호 신인문학상에 대해선 저도 알고 있는 게 조금 있긴 하지만, 제가 아는 선배님이 더 잘 알고 있을 것 같습니다. 소개해 드릴까요?"

"저야 감사하죠. 오늘 저녁만 아니면 저는 언제든지 시간이 됩니다."

오늘 저녁에는 지은이와 만나기로 했기 때문에 시간이 나지 않았다. 칠흑팔검은 스마트폰을 꺼내 선배 작가에게 문자메시지를 보내며 입을 열었다.

"그럼 그렇게 문자를 보내놓겠습니다."

"감사합니다."

칠흑팔검은 문자메시지를 완성한 뒤 그 선배에게 전송했다. 두 사람의 대화가 끝나고 다시 노트북 키보드로 기사 이야기 2부인 리턴 엠페러를 쓰고 있을 때였다. 가만히 앉아서 멍하니 노트북 화면을 보고 있던 현지가 벌떡 일어나 탕비실로 향했다.

냉장고에서 피로회복제를 하나 꺼낸 뒤 규현의 옆을 지나치는가 싶더니, 멈춰 서는 현지. 그녀는 복잡한 시선을 좀처럼 고정하지 못한 채 입을 열었다.

"오빠, 오늘 약속 있어요?"

"응. 아는 사람이랑 만나기로 했어."

규현의 대답을 들은 현지는 풀이 죽어서 자신의 자리로 가서 앉았다. 크리스마스이브에도 규현과 약속을 잡으려 했었지만 그때 규현은 너무 바빴기 때문에 성사되지 못했다. 사실 오늘도 약속을 잡으려 했었는데, 누군가 선점한 모양이었다.

얼마 전까지만 해도 가깝게 느껴졌던 규현이 점점 멀어지는 것 같아서 현지는 슬펐지만 마음을 다잡고 다시 노트북 키보드를 열심히 두드려 글을 쓰기 시작했다.

'내가 조금 더 대단한 소설을 쓰면 오빠도 나를 봐주겠지?'

희미하게 보이는 희망에 현지는 모든 것을 걸었다.

시간은 흘러 저녁이 되었다. 회의가 끝나자 규현은 회의가 끝나기 무섭게 사무실을 나섰다. 평소 특별한 일이 없으면 마지막으로 퇴근하던 그였기 때문에 모두 그가 약속이 있다는 것을 예상할 수 있었다. 현지는 규현의 빈자리를 보며 알 수 없는 감정을 느꼈다.

계단을 이용해 1층으로 내려가자 복도에서 갈색 코트를 걸친 지은의 모습을 볼 수 있었다. 규현은 손을 들며 입을 열었다.

"지은아!"

자신을 부르는 규현의 목소리를 들은 지은. 그녀가 고개를 돌리자 목소리가 들리는 곳에 규현이 서 있었다. 지은의 얼굴이 급격하게 밝아졌다. 그녀는 빠른 걸음으로 규현과의 거리를 좁혔다.

"오래 기다린 거 아냐? 사무실에 들어오지."

규현의 말에 지은은 고개를 저었다. 전에 쓴소리를 하긴 했지만 굳이 현지와 부딪치고 싶지 않았다.

"20분 정도? 그 정도밖에 안 기다렸어요."

"많이 기다린 것 같은데, 심심하지 않았어?"

규현의 물음에 지은은 미소를 지으며 스마트폰을 들어 올려 화면을 보여 주었다.

"기사 이야기 웹툰 보고 있었어요. 그래서 심심하지는 않았어요."

"진짜 기사 이야기 좋아하는구나."

"네!"

규현의 말에 지은이 힘차게 대답했다. 자신의 작품을 좋아하는 사람이 있다는 것은 행복한 것이었다. 그래서 그는 밝아진 표정으로 지은과 함께 주차장을 향해 발걸음을 옮겼다.

"후우! 생각보다 춥네."

금진 빌딩을 나오기 무섭게 차가운 바람이 두 사람을 덮쳤다. 규현은 지은과 함께 서둘러 주차된 차로 달렸다. 차 문을 열고 들어간 그는 재빨리 히터를 틀어서 차량 내부를 따뜻하게 만들었다.

"아, 따뜻해."

시간이 조금 지나서 내부가 충분히 따뜻해지자 지은은 그렇게 말하며 답답한 것인지 코트 단추를 열었다.

"그런데 오늘은 갑자기 왜 보자고 한 거야?"

"그냥 오빠가 보고 싶었어요."

"농담 재미없는 것 같아."

지은의 말에 규현은 살짝 당황했지만 내색하지 않고 차분한 목소리로 대답했다. 규현이 아무런 표정 변화 없이 그렇게 말하자 지은은 조금 서운했지만 마찬가지로 내색하지 않았다. 그녀는 규현을 보며 입을 열었다.

"맞아요. 농담이에요. 문학인의 밤 이후로 오빠가 힘들어 하시는 것 같아서 제가 저녁 사드리려고요."

"와아, 기대되네. 어디로 갈까?"

"명동이요!"

지은의 대답이 끝나기 무섭게 두 사람을 태운 차량이 명동으로 향했다. 차를 주변에 주차한 뒤 규현은 지은의 안내를 받아 초밥 뷔페로 들어갔다.

"무리하는 거 아냐?"

규현은 지은이 평범한 대학생이라고 생각하고 있었다. 그녀는 따로 알바도 하는 모습을 보이지 않았기 때문에 그는 지은이 집에서 용돈을 받아 쓴다고 생각했다. 용돈을 받아 쓰는 대학생이라면 초밥 뷔페는 조금 부담스러울 것이라 생각했다.

"괜찮아요, 헤헤. 갑자기 돈이 생겼거든요. 오빠~ 많이 드세요~"

그녀는 그렇게 말한 뒤 먼저 접시를 들고 초밥을 담기 시작했고 규현도 접시를 들고 초밥을 쓸어 담았다. 초밥은 오랜만이었기 때문에 꽤 많은 양을 담아 왔다. 앉아서 식사를 시작하기 무섭게 지은이 입을 열었다.

"오빠, 문학인의 밤, 송년회 때 아무 일도 없었어요?"

문학인의 밤이라는 말이 나오자 분주하게 움직이던 규현의 젓가락이 순간 멈췄다. 규현의 표정도 아주 잠깐 굳었지만 곧 그는 표정을 관리하며 입을 열었다.

"아무 일도 없었어."

규현은 지은이 보지 못했다고 생각했지만 그녀는 아주 잠깐 동안 규현의 굳은 얼굴을 보고 말았다. 그녀는 이를 살짝 악물었다.

'분명 그날 무슨 일이 있었던 거야.'

그녀는 장르문학과 순수문학이 물과 기름과도 같다는 것을 알고 있었다. 그리고 사교 모임에 참석하면서 공존할 수 없는 두 세력이 같은 공간에 있으면 어떤 일이 벌어지는지 많이 봐 왔다. 보통은 약한 세력이 모욕을 당한다.

문학인의 밤에선 장르문학 작가들이 약한 세력. 그렇다면 규현의 표정으로 볼 때 그가 그날 좋지 않은 일을 당했을 확률이 높다고 판단할 수 있었다.

"오빠, 힘든 일 있으면 저한테 말해요."

"그래. 확실히 다른 사람한테 고민을 이야기하면 마음이 편해진다고 그러더라. 나도 힘든 일 있으면 너한테 말할게."

"꼭이에요."

지은의 강조에 규현은 미소를 지으며 고개를 끄덕였다.

한적한 카페 안으로 규현과 칠흑팔검이 들어왔다. 두 사람은 각자 아메리카노와 아이스티를 주문했다. 주문한 아메리카노와 아이스티가 나오자 두 사람은 그것을 들고 적당한 자리를 찾아 앉았다.

아이스티를 마시며 칠흑팔검과 가벼운 화제로 이야기를 나누고 있었는데, 가만히 앉아서 규현의 이야기를 듣고 있던 칠흑팔검이 갑자기 일어났다. 규현은 칠흑팔검의 선배가 카페 안으로 들어왔다는 것을 그의 행동을 통해 알아채고 서둘러 일어났다.

"도상호 형님, 정말 오랜만입니다."

"태진이 네가 부탁하는 건 오랜만이라 특별히 나왔다."

김태진은 칠흑팔검의 본명이었다. 상호와 칠흑팔검은 반가운 얼굴로 서로를 보며 가볍게 악수를 했다. 규현은 상호의 얼굴이 낯설지 않다는 것을 느끼고 그의 얼굴을 자세히 살폈다. 그 결과 어디서 만났는지 기억해 낼 수 있었다.

한국문학인협회에서 주최한 문학인의 밤에서 만난 적이 있었다. 그날 상호는 규현에게 모욕적인 말을 아끼지 않았던 다른 순수문학 작가들과 다르게 규현을 비롯한 장르문학 작가들의 편을 들었다.

일단 상호도 장르문학 작가가 아니라 순수문학 작가였고 한국문학인협회에 소속되어 있었기 때문에 큰 목소리를 내진 못했지만 많은 도움이 되었던 것으로 규현은 기억하고 있었다.

"태진이 네가 소개해 주고 싶다는 작가가 이분이시냐?"

"예. 그렇습니다."

상호의 물음에 칠흑팔검이 대답했다.

"반갑네. 내 기억이 틀리지 않다면 아마도 정규현 작가였던가?"

상호가 말했다. 그도 문학인의 밤에서 잠깐 만났던 규현을 기억하고 있었다. 칠흑팔검은 규현의 이름을 알고 있는 상호의 모습에 조금 놀랐지만 이내 두 사람 모두 문학인의 밤에 참석했었다는 사실을 기억해 내고는 납득하며 고개를 끄덕였다.

"네. 다시 만나 뵙게 되어서 반갑습니다."

상호와 규현은 가볍게 악수를 나눈 뒤 자리에 앉았다. 칠흑팔검은 상호가 마실 커피를 주문하기 위해 잠시 자리를 비웠다. 카페 안에 사람도 별로 없어서 조용한 침묵이 계속되고 있었다. 침묵이 지겨운 것인지 상호가 먼저 입을 열었다.

"좀 괜찮나? 그날 보니까 상처를 많이 입은 것 같은데."

석현의 아버지는 문단에 영향력이 있는 작가들을 많이 알고 있었다. 그런 석현의 표적이 된 규현은 집중포화에 노출된 것이나 다름없었다. 문학인의 밤 송년회에서 그는 집중포화를 받았다.

평소보다 강도 높고 유치한 모욕에 현도와 상균마저도 혀를 내둘렀다. 평범한 사람이었다면 멘탈이 아주 제대로 깨져서 그 자리에서 욕설을 내뱉거나 주먹을 날려도 이상하지 않을 정도였었다.

사실 규현도 멘탈이 살짝 깨졌었고 욕설을 내뱉을 뻔했지만 간신히 참아낼 수 있었다. 그것이야말로 그들이 원하는 것이었고 해서는 안 될 어리석은 짓이었다. 물론 계속 그런 적의에 노출되었다면 사고를 쳤을지도 모르겠지만 제때 상호와 다른 순수문학 작가들이 개입한 덕분에 적당히 끝낼 수 있었다.

"작가님이 도와주신 덕분에 많이 힘들지는 않았습니다."

규현의 말에 상호는 고개를 끄덕였다.

"형님, 카페 모카입니다."

칠흑팔검이 상호에게 카페 모카를 건넸다. 카페 모카를 한 모금 마신 그는 칠흑팔검을 보며 입을 열었다.

"그래, 이제 이유를 말해주겠어?"

"실은 대표님, 아니 정규현 작가님이 강영호 신인문학상에 도전하고 싶다고 하십니다."

"강영호 신인문학상에?"

칠흑팔검의 말에 상호는 조금 놀란 얼굴로 규현을 보았다. 놀랄 수밖에 없었다. 장르문학 작가가 순수문학에 도전하는 경우는 드물기 때문이었다.

"네. 도전해 보려고 합니다."

규현의 대답에 상호는 턱을 긁적이며 등받이에 몸을 살짝 기댔다. 그러다 규현을 심각한 표정으로 보며 입을 열었다.

"강영호 신인문학상은 힘들 텐데, 혹시 따로 순수문학을 공부했거나 전공했었나?"

"아니요."

규현의 대답에 상호는 복잡한 얼굴로 입을 열었다.

"그럼 소설을 쓴 지 얼마나 되었는가? 물론 장르문학 같은 거 제외하고 말이네."

"아직 한 달이 안 되었습니다."

말이 한 달이 안 된 것이지 깊게 파고들면 3주도 안 되었다고 볼 수 있었다. 그래도 3주도 안 되었다고 말하는 것보단 한 달이 안 되었다고 말하는 게 그나마 낫다고 생각한 규현은 그렇게 말했다. 하지만 규현의 생각과는 다르게 상호의 표정은 좋지 않았다.

"자네… 순수문학이 뭐라고 생각하는 건가! 장르문학으로 돈 좀 만지니까 만만해 보이나!?"

상호의 언성이 높아졌다. 그는 순수문학에 대한 자부심이 대단했다. 그런 그에게 있어서 순수문학을 쓰기 시작한지 한 달도 되지 않은 규현이 강영호 신인문학상에 도전하겠다고 하는 것은 순수문학을 만만하게 보는 것으로밖에 보이지 않았다.

"전혀 그렇지 않습니다."

"됐네! 나는 이만 가보겠네! 김태진! 너도 당분간 연락하지 마라."

"형님!"

상호는 의자에서 일어나 발걸음을 옮겼다. 칠흑팔검은 상호의 갑작스러운 행동에 당황해서 그의 뒤를 쫓았으나 규현은 차분히 두 눈을 가늘게 뜨고 멀어지는 상호의 뒷모습을 그저 눈으로만 쫓을 뿐이었다.

'결국 위선자였던 것인가?'

송년회에서 도움을 준 적이 있어서 개인적으로 조금 호감을 가지고 있었는데, 결국 규현을 도와준 것은 위선에 불과한 듯하다. 규현은 인상을 쓰며 아이스티를 내려놓았다. 분명 아이스티였는데 아메리카노처럼 쓴 맛이 느껴지는 것 같은 착각이 들었다.

"후우! 죄송합니다, 대표님. 워낙 자존심이 강한 분이라… 제가 대신 사과드리겠습니다."

결국 상호를 붙잡는 것은 실패한 것인지 칠흑팔검은 홀로 돌아왔다. 그는 의자에 앉으며 규현에게 짧게 사과했다.

"괜찮아요."

규현은 아무렇지 않다는 투로 대답했다. 전혀 예상하지 못한 상황이었지만 크게 당황하진 않았다.

"빨리 사무실로 돌아가야겠습니다. 스토리 교정이 남았거든요. 작가님도 원고 교정이 조금 남아 있죠?"

규현은 일어날 준비를 서둘렀다. 일하는 중에 나온 것이었기 때문에 사무실에 빨리 돌아갈수록 좋았다. 규현이 일어났지만 칠흑팔검은 일어나지 않았다. 그는 천천히 규현을 올려다보며 입을 열었다.

"이렇게 되었으니, 제가 아는 거라도 전부 말해 드리겠습니다."

칠흑팔검도 문예창작과를 졸업한 사람이었고 강영호 신인문학상을 준비하고 투고까지 해본 적이 있기 때문에 상호만큼은 아니지만 강영호 신인문학상에 대해 어느 정도 정보를 가지고 있었다.

그는 규현이 가능성이 있다고 생각했다.

그래서 뛰쳐나간 상호 대신에 강영호 신인문학상에 대한

정보를 알려주려고 했다.

'처음부터 이렇게 했어야 했는데.'

규현이 다시 앉는 것을 보며 칠흑팔검은 후회했다. 상호가 뛰쳐나갈 것을 미리 예상했어야 했다. 아니 최소한 미리 상호에게 규현이 쓴 글을 보여줬어야 했다. 규현이 쓴 단편은 그가 쓴 장르문학과 비교할 수는 없지만 막 순수문학에 발을 들인 사람치고는 상당히 훌륭했으니까.

"그럼 시작하겠습니다."

칠흑팔검은 설명을 시작했다. 간단하게 강영호 신인문학상의 역사부터 시작해서 심사 위원들은 어떤 사람들로 구성되는지, 그리고 보통 그들이 어떤 분위기의 작품을 좋아하는 것인지 설명했다.

"그렇군요."

30분이라는 짧다면 짧고 길다면 길다할 수 있는 설명 시간이 끝나자 규현은 고개를 끄덕였다. 나름 이해가 빠른 편에 속하는 그는 칠흑팔검의 설명을 대부분 이해했다. 그리고 만약을 위해 수첩에 모두 적었다.

"솔직하게 말씀드리자면 최근에 와서는 강영호 신인문학상의 심사를 맡을 만큼 권위 있는 분들이 상당히 줄어들었기 때문에 심사 위원은 몇 년째 거의 변하지 않고 있다고 들었습니다."

"제겐 유리하겠네요."

"모두에게 유리하죠."

규현의 말을 칠흑팔검이 정정했다. 심사 위원들의 교체가 거의 없다는 것은 투고자들에게 상당한 유리함이 있었다. 심사 위원들도 일단은 사람이었기 때문에 객관적이고 공정한 심사를 한다고는 하지만 그들도 선호하는 문장과 분위기라는 게 있다.

최근 당선작들을 살펴본다면 그들이 선호하는 문체와 분위기를 파악할 수 있을 것이다. 그리고 심사 위원들이 선호하는 문체와 분위기로 장편을 써서 보낸다면 추가 점수를 받을 확률이 높았다.

"절대적인 공정함은 존재하기 힘듭니다. 어쩌면 없을 수도 있고요. 그러니 대표님은 최근 당선작을 모두 읽어 보셔야 합니다."

"당연히 읽어봐야죠. 혹시 인터넷으로 읽을 수 있습니까?"

규현이 질문했다. 책으로 읽는 것도 좋지만 스마트폰 화면으로 읽는 편이 훨씬 빠르게 읽을 수 있었다.

시간은 한정되어 있으니 최대한 빨리 읽는 게 좋을 것이라고 규현은 생각했다. 그리고 문집을 사게 되면 규현이 도전하고자 하는 장편과 상관없는 시나 시조까지 있기 때문에 효율이 좋지 않았다.

"물론 가능합니다. 협회에 들어가면 있지만 아이디가 필요하니 제가 빌려 드리겠습니다."

칠흑팔검은 규현에게 협회 계정 아이디와 비밀번호를 가르쳐 주었고 규현은 그것을 받아 적었다.

"이제 본격적으로 시작이라고 할 수 있겠네요."

칠흑팔검의 협회 계정 아이디와 비밀번호가 적힌 수첩을 코트 안주머니에 집어넣으며 규현이 말했다. 칠흑팔검은 천천히 고개를 끄덕이며 입을 열었따.

"네. 본격적으로 시작하셨습니다."

규현과 칠흑팔검은 서로를 보며 의미심장한 눈빛 을 교환한 뒤 사무실로 돌아갔다. 사무실에 도착한 규현이 코트를 의자에 걸고 노트북을 열어 전원을 켜고 있을 때 상현이 뭔가를 기억해 내고는 규현의 책상으로 다가왔다.

"형, 보고드릴 게 있어요."

"말해봐."

문서 작성 프로그램을 켜며 규현이 대답했다.

"북페이지에서 프로모션 요청이 왔어요."

"뭐? 프로모션 요청이 와?"

"네."

규현이 다시 묻자 상현은 고개를 끄덕였다. 규현은 의자 등받이에 몸을 기대며 잠시 생각에 잠겼다. 보통 프로모션은 출판사나 매니지먼트에서 플랫폼에 요청을 하여 협상을 거친 끝에 진행하는 게 대부분이었다.

다만 출판사나 매니지먼트에서 막대한 이익을 창출할 수 있는 작가를 1명 이상 보유하고 있으면 플랫폼 쪽에서 먼저 프로모션을 요청하는 경우도 있었다. 북페이지라는 거대 전자책 판매 사이트에서 먼저 프로모션을 요청한다는 것만 봐도 가람이 얼마나 성장했는지를 알 수 있었다.

"메인 작품은 뭘로 한다는데?"

"차후 협의하겠지만 우선은 기사 이야기 2부로 생각하고 있다고 해요."

"기사 이야기 2부라……."

기사 이야기를 메인으로 해도 좋지만 규현은 다른 작품을 메인으로 하고 싶었다. 이미 기사 이야기는 파란책과 합의하여 '전설의 부활'이라는 이름의 이벤트로 문학 왕국에 노출된 적이 있었다.

그때 1부와 2부의 매출이 크게 증가했었다. 그래서 이번에는 다른 작품을 노출시키고 싶었다. 메인을 칠흑팔검의 칠흑혈마나 현지의 제국 공격기 같은 작품으로 하고 지석의 레이드 계약자와 상현의 철혈 헌터의 전설, 그리고 형태의 검은 의도의 루시펠 같은 작품을 넣으면 괜찮은 구성이 될 것 같았다.

리턴 엠페러를 메인으로 하더라도 칠흑혈마와 제국 공격기 같은 작품을 구성으로 넣을 수 있지만 아무래도 프로모션을 진행할 경우 메인으로 선정된 작품이 가장 많은 득을 보게 되기 때문에 규현은 칠흑팔검이나 현지를 밀어주고 싶었다.

솔직히 말해서 리턴 엠페러는 기사 이야기 2부였다. 그래서 현재 나이버 웹툰에서 연재 중인 기사 이야기 웹툰만으로도 충분한 홍보 효과를 보고 있었기 때문에 다른 작가들이 조금 더 노출되기를 원했다.

"칠흑팔검 작가님이나 현지를 메인으로 해달라고 요청해 봐."

규현의 말에 상현은 고개를 끄덕였지만 납득이 안 간다는 표정으로 입을 열었다.

"일단 그렇게 할게요. 그런데 이미 칠흑팔검 작가님이나 현지는 상당히 유명하잖아요. 북페이지에 메인을 바꿔달라고 요청할 필요가 있을까요?"

"북페이지는 상당히 큰 시장이야. 문학 왕국보다도 더 커. 그래서 문학 왕국에서 유료 연재 작품을 보지 않더라도 북페이지를 통해 전자책을 구입하는 사람들이 생각보다 많아. 현지는 북페이지에서도 그나마 유명한 편이지만 칠흑팔검 작가님은 이름을 조금 더 알릴 필요가 있지."

규현의 긴 설명에 상현도 납득하는 얼굴이었다. 그는 고개를 끄덕이며 입을 열었다.

"그럼 그렇게 전달할게요."

그렇게 말한 뒤 상현은 곧바로 회의실로 들어갔다. 전화로 북페이지에 규현의 요청을 전달하기 위해서였다. 잠시 시간이 지난 후 회의실 문이 열리고 상현이 걸어 나왔다.

"적극적으로 검토해 본다고 합니다!"

그 말에 규현은 미소를 지었다.

24장

신인문학상

　북페이지 직원은 상현으로부터 규현의 요청을 전달받기 무섭게 상관에게 보고했다. 회의가 끝나고 퇴근 준비를 하고 있을 때, 상현은 북페이지로부터 요청을 받아들이겠다는 내용을 전화로 전달받았고 즉시 규현에게 알렸다.

　"조율은 어떻게 하시겠어요?"

　"내가 내일 직접 직원을 만날게."

　"그럼 그렇게 전할게요."

　"그래."

　상현에게 내용을 전달한 규현은 서둘러 퇴근했다. 집으로 돌아간 규현은 강영호 신인문학상 최근 수상작 중에서 단편소설과 장편소설만 골라서 읽었다. 그러고는 2시간 정도 읽고 침대에 누워 눈을 감았다.

다음 날 평소보다 조금 늦게 일어난 규현은 서둘러 차를 타고 금진 빌딩으로 향했다. 주차장에 주차를 끝낸 그는 계단을 이용해 서둘러 사무실로 올라갔다.

"오늘 좀 늦으셨네요."

"좋은 아침입니다."

사무실 문을 열자 작가들과 직원들이 규현에게 인사했다. 평소보다 조금 늦은 탓에 꼴찌일까 봐 걱정했지만 먹는 남자를 제외하면 모두 자신의 자리에 앉아 있었다. 규현은 안도했다. 먹는 남자의 자리는 비어 있었으니 꼴찌는 아니었다.

"조금 늦으셨네요, 대표님."

그때 탕비실 쪽에서 먹는 남자의 목소리가 들렸다. 탕비실 쪽으로 시선을 옮기니 커피를 타고 있는 먹는 남자의 모습을 볼 수 있었다.

"제가 꼴찌인가요?"

"네. 대표님이 제일 늦으셨네요. 하지만 늘 일찍 오셨잖아요. 하루 정도는 그럴 수 있죠."

문에서 가장 가까운 곳에 책상이 있는 형태가 피로회복제를 건네며 말했다. 규현은 피로회복제를 따서 마시며 자신의 책상으로 발걸음을 옮겼다. 그가 자리에 앉기 무섭게 상현이 빠른 걸음으로 다가왔다.

"오후 2시에서 5시 사이에 언제든지 시간이 된다고 하네요."

"2시가 좋겠네. 그렇게 진행해 줘."

"넵!"

상현은 자리로 돌아가서 즉시 문자메시지를 보냈다. 이윽고 약속 장소를 전해 받은 그는 규현에게 전달했다. 규현은 의자에 앉아 차분하게 다른 작가의 스토리를 교정하기 시작했다. 가람은 다른 출판사나 매니지먼트에 비해 스토리 교정 및 피드백을 적극적으로 해주는 편이었다.

게다가 모든 원고가 올라가기 전에 최종적으로 규현의 검토를 받는다. 작가들은 규현에게 예상 구매 수를 확인받은 뒤에야 최신편을 올리는 것을 허락받을 수 있었다. 그래서 규현은 언제나 일이 많은 편이었다.

하지만 규현이 고생할수록 가람 작가들의 성적은 날이 갈수록 좋아지고 있었다. 규현이 예상 구매 수를 봐가면서 스토리를 교정해 주고 있으니 성적이 좋아지지 않을 수 없었다.

'문장에 힘이 많이 들어가 있네.'

규현은 생각했다. 칠흑팔검의 과외를 받는 과정에서 읽은 소설들도 그렇고 강영호 신인문학상 최근 당선작들도 그렇고 모두 문장에 심하게 힘이 많이 들어가 있었다. 미사여구 등

문장에 붙어 있는 게 많았다.

장르문학은 문장에 힘을 빼는 게 대부분이었다. 문장에 힘이 들어가면 가독성이 떨어지고 가독성이 떨어지면 독자들로 하여금 짜증을 유발하게 되면서 책을 덮거나 뒤로가기를 격렬하게 누르게 만들기 때문이다.

'문장에 힘주는 건 자신 있지.'

규현은 입가에 미소를 머금었다. 문장에 힘을 주는 것은 자신 있었다. 과거 규현의 소설이 인기 없었던 이유 중 하나가 문장에 과하게 힘이 들어가 가독성이 떨어져서였다.

강영호 신인문학상 최근 당선작을 읽고 있으니, 시간은 금방 흘러 어느덧 점심 시간이 되었다. 백반으로 간단하게 점심을 해결한 규현은 최근 당선작을 마저 읽다가 약속 시간이 다가오는 것을 확인하고 코트를 입는다.

"잠시 자리 좀 비울게요."

"오빠, 다녀오세요."

현지를 비롯한 작가들과 직원들을 뒤로하고 사무실을 나섰다. 주차장에서 차에 올라타 시동을 건 뒤 약속 장소를 향해 차를 몰았다. 그리고 얼마 지나지 않아서 약속 장소에 도착할 수 있었다.

카페에 도착한 규현은 상현에게 전달받은 전화번호로 전화를 걸었다. 그러자 가까운 곳에서 벨소리가 들렸고 깔끔한 정장 차림의 남자가 스마트폰을 들어 올리는 것을 볼 수 있었다. 규현은 재빨리 전화를 끊고 그에게 다가갔다.

"혹시……."

규현이 입을 연 순간 북페이지 관련자로 보이는 남자는 의자에서 일어나며 규현을 보고 입을 열었다.

"가람 대표님 되십니까?"

그는 전화가 끊어지기 무섭게 자신에게 말을 걸고, 방금 전에 벨소리가 울릴 때 스마트폰을 들고 있었다는 사실로 규현이 가람의 대표라는 사실을 추측해 낸 것이다.

"네, 제가 매니지먼트 가람의 대표 정규현입니다."

규현이 먼저 자신에 대해 소개하자 남자는 외투 안주머니에서 명함 지갑을 꺼냈다. 그리고 명함 지갑에서 명함을 하나 꺼내 규현에게 건넸다.

"북페이지 마케팅 2팀장 임태석입니다. 만나 뵙게 되어서 반갑습니다."

규현이 명함을 읽고 있을 때 태석은 자신에 대해 소개했다. 명함에 적혀 있는 그의 직급은 차장이었다.

'꽤 높은 사람이 왔군.'

차장이면 상당히 높은 직급이었다. 북페이지에서 이번 프로모션을 얼마나 중요하게 여기고 있는지 알 수 있는 부분이었다.

"하하."

"하하하."

어색하게 웃음소리를 흘리며 서 있는 두 사람. 그중 먼저 입을 연 쪽은 태석이었다.

"앉으시죠."

"일단 주문부터 하고 올게요."

"제가 계산하겠습니다."

규현은 거절하려고 했지만 이미 태석은 계산대에 서 있었다. 그는 규현을 향해 고개를 돌린 채 입을 열었다.

"어떤 걸로 하시겠어요?"

"아이스티로 부탁드릴게요."

"옙! 앉아서 기다리고 계시면 금방 가져다 드리겠습니다."

태석은 유쾌하게 말하고는 아이스티 한 잔을 주문했다. 규현은 태석이 앉아 있던 테이블로 다가가 의자에 앉았다. 스마트폰 게임을 하면서 기다릴까도 했지만 계산대 쪽에서 기다리고 있는 태석이 미안해서 그만두었다. 잠시 후 태석이 아이스티 한 잔을 가지고 와 규현의 앞에 내려놓았다.

"감사합니다."

규현은 고개를 살짝 숙이는 것으로 감사를 표했고 태석은 미소를 지으며 자신의 자리에 앉았다. 그리고 다 식은 커피가 담겨 있는 머그컵을 입가로 가져가 커피를 한 모금 마신 뒤 입을 열었다.

"대표님의 수완은 북페이지 내부에서도 대단하다고 모두가 이야기합니다. 가람처럼 단기간에 그렇게 많이 성장한 회사는 출판 업계에서 찾아보기 힘듭니다. 아니, 거의 없다고 봐도 좋겠군요."

태석의 입이 열리기 무섭게 매니지먼트 가람에 대한 칭찬이 쏟아져 나왔다. 예전에 가람이 설립되고 얼마 지나지 않았을 때, 북페이지에 프로모션을 요청한 적이 있었다. 거절당하지는 않았지만 그때 협의를 하러 나온 직원의 직급은 대리였고 지금 태석처럼 행동하지도 않았었다.

북페이지에선 아쉬울 게 전혀 없었다. 당시에는 북페이지가 갑이었고 가람이 을이었다. 북페이지가 갑질을 하진 않았지만 자연스럽게 서로가 갑과 을의 처지를 인식하고 있었다. 하지만 지금은 달랐다.

이번 프로모션은 북페이지에서 요청하는 것인 만큼 결렬될 경우 가람도 조금 아쉽겠지만 더 아쉬운 쪽은 북페이지였다. 완전하진 않지만 갑과 을의 입장이 조금씩 바뀌고 있었다.

"바로 본론으로 들어가고 싶습니다."

기분은 좋았지만 불필요한 내용이었다. 내용이 길어지는 듯하자 규현은 태석이 잠시 말을 멈추는 순간 끼어들어 본론으로 들어갈 것을 재촉했다.

"제가 너무 말이 길었군요. 죄송합니다."

"아닙니다."

"그럼 본론으로 들어가겠습니다. 일단 기획서를 읽어보시겠습니까?"

규현이 고개를 끄덕이자 태석은 가방에서 기획서를 꺼내 규현의 앞으로 밀었다.

"흐음."

규현은 천천히 기획서를 읽기 시작했다. 혹시라도 빼먹지는 않을까 주의하며 읽었다. 잠시 후 그는 다 읽은 기획서를 태석에게 돌려주었다.

"메인 작품 하나에 구성으로 다섯 작품 정도가 들어갈 예정입니다. 대표님께서 리턴 엠페러가 아닌 다른 작품을 메인으로 하고 싶다고 말씀하셔서 콘셉트는 아직 정해지지 않았습니다."

"그렇군요."

규현은 고개를 끄덕였다.

"기획서를 보시면 알겠지만 메인에 유명 작품을 내세워 눈을 끌게 한 뒤 할인으로 결제를 유도하는 방식입니다."

태석이 설명했다. 가장 많이 쓰는 프로모션 기법이었다. 이 경우 아주 유명한 작품을 메인으로 내세워 클릭을 유도한 뒤, 프로모션을 진행하는 다른 작품들을 할인하여 노출시키는 것으로 구매를 유도하는 것으로 구매 수 증가를 노린다.

가장 기본적인 방법이었지만 유명 작품이 없는 출판사나 매니지먼트에서는 사용하기 힘든 방법이었다. 북페이지에서 리턴 엠페러를 메인으로 하려는 것도 가람에서는 리턴 엠페러가 가장 유명했기 때문이었다.

일단 기사 이야기 2부였기 때문에 제국 공격기와 칠흑혈마에 비해 매출은 조금 떨어지지만 기사 이야기 웹툰의 홍보 효과 덕분에 많은 사람들이 알고 있었다. 나이버 웹툰은 국민 대부분이 보고 있기 때문에 기사 이야기는 장르 소설을 모르는 사람들도 대부분 알고 있었다.

"사실 저희는 기사 이야기 2부인 리턴 엠페러가 메인으로 가장 적당하다고 생각합니다."

북페이지에선 기사 이야기 2부인 리턴 엠페러의 접근성이 상당하다고 판단 프로모션 메인 작품으로 진행하고자 했다. 그래서 그런지 규현이 사전에 리턴 엠페러를 메인으로 하지 않겠다고 전달했음에도 불구하고 그를 설득하기 위해서인지 기획서는 리턴 엠페러를 메인으로 한 경우를 바탕으로 적혀 있었다.

"죄송하지만 리턴 엠페러는 이번 프로모션에 참가를 하지 않을 겁니다."

태석의 말에 규현은 고개를 끄덕였다. 리턴 엠페러는 기사 이야기 웹툰 덕분에 충분히 홍보가 되어 있었다. 굳이 메인이 아닌 구성으로 노출할 필요가 없었다. 오히려 다른 작품들을 밀어주는 게 훨씬 이익이었다.

"네? 프로모션에 아예 넣지 않겠다는 말씀이신가요?"

"네."

"그렇다면 메인은 어떤 작품으로 하실 생각이십니까? 미리 말씀드리지만 어느 정도 인지도가 있는 작품이어야 합니다."

태석이 단호하게 이야기했다. 북페이지가 아쉬운 입장이긴 하지만 인기도 없는 작품을 메인 구성으로 할 수는 없었다.

"칠흑팔검 작가님의 칠흑혈마를 메인으로 넣을 생각입니다."

"칠흑혈마 말씀이시죠?"

"네. 그렇습니다."

규현은 고개를 끄덕였다. 태석은 턱을 긁적이며 생각에 잠겼다. 칠흑팔검은 문학 왕국은 물론이고 북페이지에서도 나름 유명한 작가였다.

최근에는 문학 왕국에서 가끔 1위를 하기도 했고 게다가 칠흑혈마는 칠흑팔검의 작품 중에서 가장 재밌는 작품이라고 늘 호평을 받고 있었다. 물론 기사 이야기와 비교하면 한없이 부족하지만 메인으로는 손색이 없었다.

"칠흑팔검 작가님의 칠흑혈마라면 프로모션 메인으로 하기에 충분할 것 같습니다. 편수도 조금 적은 게 아쉽지만 괜찮을 것 같습니다."

일반적인 프로모션은 일괄 구매 할인을 내세우는 편이었다. 그래서 분량이 많을수록 매출이 상승하는 편이었기 때문에 보통 프로모션 이벤트를 진행할 때는 6권 이상의 분량이 확보된 작품을 구성에 넣는 편이었다.

"칠흑팔검 작가님의 칠흑혈마는 현재 7권이 연재 중입니다. 글을 빨리 쓰시는 편이니 프로모션이 시작될 때쯤에는 7권이 끝나 있을 겁니다."

규현은 말을 마치며 아이스티를 한 모금 마셨다. 칠흑팔검은 현재 문학 왕국에 6권 정도의 분량을 연재했지만 비축분은 7권 중반부 정도까지 확보된 상황이었다. 연참을 한다면 프로모션 진행 전에 7권 분량을 공개할 수 있을 것이다.

"그렇군요. 그럼 다른 작품들의 구성은 어떻게 하실 생각이십니까? 희망하시는 구성을 최대한 반영하도록 노력하겠습니다."

태석의 말에 규현은 말없이 수첩을 꺼내 6권 이상 분량이 확보되었고 노출이 필요한 작품들을 적었다. 모두 다섯 작품이었다. 명단을 완성한 규현은 그것을 찢어서 태석에게 건네주었다.

"역시 가람의 명성답게 모두 이름이 좀 있는 작품들이군요.

가끔씩 보면 프로모션을 진행할 때 너무 심할 정도로 인기가 없는 작품을 꽂아 넣는 경우도 있거든요. 물론 자기들은 산소호흡기를 붙이고 싶어서 그러는 것이겠지만 사실 민폐라고 보거든요."

프로모션의 좋은 점은 노출이었다. 인기 있는 작품을 메인에 걸어서 인기 없는 작품을 노출시켜 독자들이 구매하게 만드는 게 목적이었다.

"잘 부탁드리겠습니다."

"아마 별일 없으면 회의에서 통과될 겁니다. 저만 믿고 좋은 소식 기대하셔도 좋습니다."

태석이 장담하며 입가에 미소를 그렸다.

"후우! 다 읽었다."

컴퓨터 앞에 앉아서 강영호 신인문학상 최근 당선작들을 읽고 있던 규현이 몸을 가볍게 풀며 일어났다. 심사 위원들의 교체가 거의 사라진 21회 당선작부터 가장 최근인 25회 당선작들까지 모두 읽은 것이다.

"시간이 많이 늦었네."

스마트폰으로 시간을 확인해 보니 오후 10시였다. 퇴근 후 강영호 신인문학상의 당선작들을 읽느라 시간이 가는 줄 몰랐던 것이었다. 자고 싶었지만 스토리 교정할 게 아주 조금 있었기 때문에 일을 마무리 짓기 위해 노트북 전원을 켰다.

잠을 깨기 위해 냉장고에서 캔 커피를 하나 꺼내 책상 위에 올려두었다. 시간은 이미 확인했지만 습관적으로 스마트폰을 확인하자 읽지 않은 문자메시지가 하나 있는 것을 확인할 수 있었다. 캔 커피를 가져오는 사이에 누가 보낸 것 같았다. 규현은 문자메시지를 확인했다.

[규현아, 나 너무 힘들다. 죽을 것 같아.]

그동안 바빠서 만나지 못했던 현석이었다.

'갑자기 무슨 일이지?'

규현은 현석과 제법 친한 편이었다. 바쁘지만 꾸준히 문자메시지를 주고받았었고 가끔 전화 통화도 했었다. 그런데 얼마 전부터 그의 연락이 뜸해지더니 갑자기 이렇게 어두운 내용의 문자메시지가 온 것이다.

규현은 현석이 걱정되는 마음에 서둘러 그에게 전화를 걸었다. 길게만 느껴지는 통화 대기음이 끝나고 현석이 전화를 받았다.

—여보세요?

현석의 힘없는 목소리와 함께 요란한 소음이 규현의 귓가를 때렸다.

"갑자기 이상한 문자나 보내고 왜 그래."

—하아, 나 수지랑 헤어졌다.

스마트폰 너머로 들리는 현석의 주위는 시끄러웠지만 규현은 그의 말을 분명히 들을 수 있었다. 갑자기 힘들다는 문자 메시지를 보내서 설마 했는데 역시나였다.

"왜 갑자기 헤어진 거야? 네가 수지한테 얼마나 잘했는데."

현석과 친한 편이었기 때문에 그의 여자 친구인 수지도 몇 번 본 적이 있었다. 자주 보진 못했고, 따로 만나거나 할 정도로 친해지진 않았기 때문에 그녀를 잘 몰랐다. 그래서 전후사정을 파악하기가 쉽지 않았다.

규현의 질문에 현석은 말이 없었다. 스마트폰 너머로 시끄러운 소음만 계속 들려온다. 이어서 한숨 소리가 들리더니 현석의 목소리가 들려온다.

—박수지, 그년이 다른 남자랑 놀아났어…….

"지금 갈게. 어디냐."

현석은 수지를 정말 많이 사랑했다. 평소 그녀에 대해 이야기를 많이 하는 편은 아니었지만 가끔 그가 그녀와 전화 통화를 하거나 그녀에게서 받은 문자메시지를 확인할 때의 모습을 보면 알 수 있었다. 그는 그녀와 관련된 무언가를 할 때마다 정말 행복해 보였다.

—와줄려고?

"당연하지. 친구가 힘들다는데 당연히 가야지. 어서 위치 말해. 어디야?"

사실 스토리를 교정해야 할 것도 있었고 강영호 신인문학상도 준비해야 했지만, 스토리 교정은 내일 아침에 해도 되는 것이고 강영호 신인문학상은 약 한 달 정도 시간이 남아 있었다. 그렇기 때문에 가볍게 술잔을 기울이며 힘들어하는 친구의 이야기를 들어줄 시간 정도는 있었다.

─규현이, 너 정말······.

현석은 규현의 행동에 감동받은 것인지 울먹이는 목소리로 위치를 말해주었다.

"지금 갈 테니까, 살아 있어라."

규현은 그 말을 끝으로 현석과의 전화 통화를 끝냈다. 서둘러 옷을 갈아입은 그는 주차되어 있던 차를 타고 현석이 말해준 곳으로 향했다. 다행히 규현의 집 근처였고 유료 주차장에 대충 주차한 그는 현석이 말해준 오성 포차를 찾아 나섰다.

"찾았다."

5분 정도 헤맨 끝에 포차를 찾을 수 있었다. 문을 열고 들어가니 종업원이 '어서 오세요'라고 인사를 했다. 규현은 종업원의 인사를 건성으로 받으며 눈동자를 이리저리 움직여 가게 내부를 탐색했다.

얼마 지나지 않아서 구석에서 어묵탕을 테이블 중앙에 놓고 소주를 마시고 있는 현석을 찾을 수 있었다. 빈 병이 1병 정도 보였다. 규현은 말없이 종업원에게서 소주잔 하나를 받아 들고는 현석의 앞에 앉았다. 그리고 자신의 잔에 소주를 가득 채웠다.

"왔어?"

현석이 힘겹게 고개를 들고 규현을 보았다. 힘이 완전히 빠진 목소리였다. 현석이 힘들어하는 모습에 규현은 한숨을 내쉬었다. 친구가 괴로워하는 모습을 보니 마음이 편하지 않았다.

규현은 말없이 고개를 끄덕이며 잔을 비웠다. 아무래도 술이 조금 들어가야 쉽게 대화할 수 있을 것 같았다. 서로 말없이 술잔을 채워주고 비우고를 반복했다. 이윽고 규현이 주문한 제육볶음이 테이블 위에 놓인다.

둘이 합쳐서 비운 소주병이 3병을 넘기자 규현은 살짝 취기가 오르는 것을 느꼈고 현석은 완전히 취해서 몸도 제대로 가누지 못하고 있었다.

"후-우!"

현석이 한숨을 내뱉었다. 규현은 절망하는 그를 보며 입을 열었다.

"도대체 무슨 일이 있었던 거야? 자세히 설명을… 아니다, 그냥 마셔."

자세한 설명을 요구하려던 규현은 고개를 저으며 그만두었다. 아마도 현석은 누군가에게 상황을 자세하게 설명할 기분이 아닐 것이다. 규현도 이런 경험이 있었지만 이럴 때 친구로서 해줄 수 있는 것은 같이 술잔을 기울이며 자리를 지켜주는 것이었다.

　"수지가 남자가 생겼대."

　몇 번이나 술잔을 비웠을까? 침묵을 지키던 현석이 힘들게 말을 꺼냈다. 규현은 어설프게 위로하는 대신 그저 고개를 끄덕이며 현석이 하는 말을 들었다.

　"대충 이렇게 된 거야."

　현석이 흐릿한 눈동자로 빈 술잔을 내려다보며 상황 설명을 끝마쳤다. 현석이 처한 상황을 한마디로 정리하자면 여자 친구인 수지에게 현석보다 훨씬 돈도 많고 잘생긴 남자가 생겼다는 것이었다.

　"요즘 연락이 없더라. 내가 먼저 연락해도 금방 끊고."

　"누구?"

　"너 말이야, 조금 나아졌다면서 다시 바쁜 거야?"

　우울한 현실에서 도피하고 싶은 것인지 현석을 애써 화제를 전환하기 위해 노력했다. 그는 규현의 근황에 대해 물었다.

　"강영호 신인문학상을 준비하고 있어."

　올라오는 취기 탓에 아무 생각 없이 대답한 규현은 뒤늦게 깨닫고 말았다. 현석이 석현과도 친하다는 것을. 잘못하면 규현이 강영호 신인문학상을 준비하고 있다는 게 석현에게 흘러들어갈 수도 있었다.

"현석아, 석현이한테는 절대로 말하지 마라."

"뭘 말하면 안 되는데?"

현석의 흐릿한 눈동자가 규현을 향했다.

"내가 강영호 신인문학상 준비하고 있다는 거 말이야."

규현의 말에 현석은 고개를 끄덕이며 입을 열었다.

"그래, 비밀로 할게."

"그래, 고맙다."

현석의 대답에 규현은 안도했다. 비록 지금 그가 술에 잔뜩 취해 있지만 현석은 술에 취했을 때의 상황을 전부 기억하는 편이기 때문에 제대로 전달되었을 것이라 생각했다.

*   *   *

"내가 신춘문예에 떨어졌다는 게 말이 되냐고!"

날카로운 고함이 방 안에 울려 퍼졌다. 석현은 얼마 전 신춘문예에서 떨어졌다는 소식을 전달받았다. 당시에는 분노를 잘 참아냈지만 오늘 신춘문예나 신인문학상을 통해 등단한 친구들을 만나다 보니 마치 화학작용을 일어난 것처럼 폭발하고 말았다.

"으아아아아!"

집으로 돌아온 그는 방에 도착하기 무섭게 주먹으로 벽을 마구 쳤다.

"아윽!"

그러다 주먹에서 느껴지는 고통에 비명을 내지르며 바닥에 뒹굴었다. 그러다 바닥에 뒹굴고 있는 스마트폰이 그의 눈에 들어왔다. 분명 벽에 던졌는데 멀쩡했다. 스마트폰을 본 순간 그는 무슨 생각이 떠오른 것인지 악동과도 같은 표정으로 웃어 보이며 스마트폰을 들고 일어섰다.

스마트폰을 들고 안락의자에 앉은 그는 현석의 전화번호를 검색했다. 이윽고 그의 전화번호가 스마트폰에 나타났다.

'분명 여자 친구랑 헤어졌다고 했지? 가서 놀려줘야겠다. 크큭.'

석현은 사악한 계획을 세우며 속으로 웃었다. 통화 버튼을 터치하고 얼마 지나지 않아서 현석이 전화를 받았다.

—여보세요.

"나다."

생각보다 힘이 없는 현석의 목소리에 석현은 입꼬리를 끌어올렸다.

"여자 친구랑 헤어졌다며?"

―비꼬려고 전화한 거면 끊어줬으면 좋겠어.

현석이 싸울 힘도 없다는 투로 말했다. 그는 지금 상당히
지쳐 있었다. 규현으로부터 위로를 어느 정도 받기는 했지만
여전히 상처는 깊었기 때문에 술로 소독하고 있었다. 매일 같
이 술이 없으면 살 수 없을 지경이었다. 그리고 그런 그의 상
황은 석현도 예상하고 있었다.

"설마 비꼬려고 전화했겠어. 술 사줄게. 나와라."

석현은 현석에게 시간과 장소를 통보해 주었다. 현석은 내
키지 않는 듯한 목소리였지만 지금 그에게 가장 필요한 술을
사준다는 석현의 말에 본능적으로 긍정하고 말았다.

"좋아. 그럼 거기서 보자."

현석의 대답도 듣지 않고 석현은 전화를 끊었다. 현석이 분
명 올 것이라고 석현은 확신했다. 그는 서둘러 코트를 걸치고
책상 위에서 차 키를 집어 들었다. 차고에 주차되어 있는 차에
올라탄 석현은 약속 장소를 향해 차를 몰았다.

얼마 지나지 않아서 약속 장소 근처에 도착한 석현은 유료
주차장에 차를 주차했다. 약속 장소는 근처의 칵테일 바였다.

"아직 안 왔네."

석현은 혼잣말을 중얼거리며 괜찮은 자리를 찾아 앉았다.
잠시 기다리고 있으니 현석이 문을 열고 들어왔다. 그는 어색
한 몸짓으로 주변을 탐색하더니 석현을 발견하고는 거리를 좁

혔다.

"오늘도 비싸 보이는 곳으로 불렀군."

"친구가 가슴 아픈 일을 겪었다고 하는데, 가만히 있을 수야 없지."

그렇게 말하며 석현은 칵테일이 담긴 잔을 건넸다. 현석은 순식간에 잔을 비웠다. 그 후로도 현석은 쉬지 않고 잔을 비웠다. 그리고 얼마 지나지 않아서 깊기 취하고 말았다. 칵테일의 달콤한 함정에 빠진 것이다.

"크큭."

잔뜩 취한 현석의 모습을 보며 석현은 악동처럼 웃음을 흘렸다. 현석이 마신 칵테일은 정말 달콤하지만 도수는 상당히 높은 것이었다. 달콤함에 취해 막 마시다가는 금세 정신을 놓고 쓰러지는 무서운 술이었다.

"규현이 요즘 뭐 해?"

"규현이?"

"그래."

악마의 속삭임이 시작되었다. 처음 석현은 현석을 놀리려고 불렀지만 어느 순간 마음이 변했다. 현석을 잔뜩 취하게 만들어 규현의 근황을 파악한 뒤 그를 놀릴 생각이었다. 현석은 술에 취하면 솔직해지는 모습을 보이기 때문에 석현은 규현에 대한 정보를 캐낼 수 있을 것이라 생각했다.

"규현이? 착하지, 착해."

현석의 대답에 석현은 눈살을 찌푸렸다. 그가 원한 대답이
아니었다.

"규현이 요즘 어떻게 지내?"

"뭐 준비한다고 하더라."

현석의 대답에 석현의 두 눈동자가 빛났다. 대어가 걸렸다.
그가 뭔가를 준비하고 있다면 방해할 수 있을 것이고, 그렇게
된다면 문학인의 밤에 느꼈던 쾌감을 다시 느낄 수 있을 것이
다.

"그래, 뭘 준비하고 있는 거야?"

"으으. 규현이가 말하지 말라고 했는데……."

"괜찮아. 어서 말해봐."

그래도 규현이 말하지 말라고 했던 게 효과는 있는 것인지
평소라면 바로 내뱉을 말을 쉽게 말하지 못하고 망설이는 모
습을 보이는 현석이었다. 하지만 석현은 악마처럼 그에게 속
삭였다. 괜찮으니 말하라고.

"어서 말해봐. 괜찮다니깐?"

석현이 다시 재촉하자 현석은 최면에 걸린 사람처럼 멍하니
앞을 보며 입을 열었다.

"강호 신인문학상을 준비한다고 했어."

현석의 말에 석현의 두 눈이 동그랗게 변했다. 현석은 강호

신인문학상이라고 말했지만 규현이 준비하는 것은 강영호 신인문학상이 분명했다. 강호 신인문학상은 존재하지 않는 대회였으니까.

'뭐야, 설마 순수문학으로 등단이라도 해서 복수라도 하겠다는 거야?'

규현의 생각을 짐작해 본 석현은 웃음이 터져 나오려는 것을 간신히 참았다. 불가능하다고 생각했기 때문이었다. 장르문학 작가가 등단하는 경우는 드문 편이었고 그마저도 꽤 오랜 시간을 순수문학을 공부하는 데 시간을 투자해서 끝내 등단하는 경우가 대부분이었다.

그리고 그렇게 등단하는 작가들의 절반이 이름 없는 문예지를 통한 등단이나, 문단에 영향력이 많이 없는 신인문학상, 또는 지방 신문사의 신춘문예를 통한 등단이었다.

'강영호 신인문학상이라니, 미친 게 분명하네.'

강영호 신인문학상은 유명 신문사의 신춘문예 다음으로 문턱이 높았다. 그래서 순수문학도들에게도 쉽지 않았다.

'정규현! 네가 강영호 신인문학상에 도전한다면 나도 도전해 주마. 그리고 널 밟고 등단해서 마음껏 비웃어주지!'

석현의 마음속에 검은 의도가 자리 잡았다.

강영호 신인문학상의 소설 부문 당선작들의 스탯은 대부분이 B급이었고 A급도 있었다. 문학 왕국의 작품들의 스탯과 다른 점이 있었는데 바로 30일 뒤 예상 24시간 구매 수라는 항목이 없다는 점이었다.

물론 그것은 중요한 게 아니었다. 중요한 것은 스탯이 보인 다는 것이다. 당선작들의 스탯이 대부분 B급이라는 것을 확인했으니, 최소 B급 이상의 작품을 쓰면 되는 것이다. 문학 왕국에서 경험해 본 결과 B급의 경우 최하위권과 최상위권의 격차가 다른 등급에 비해 심했다.

다만 예상 구매 수 같은 상세 스탯이 보이지 않으니, 같은 B급의 작품을 낼 경우 떨어질 가능성도 고려해야만 했다. 이 점을 생각해 볼 때 확실한 당선을 위해선 A급 작품을 내야만 했다. 분명 쉽지 않은 일이지만 일단 도전해 볼 가치가 있었다.

'실패하면 B급 작품을 내면 돼.'

규현은 생각했다. A급 작품을 만들기 위해 노력하다 보면 B급 소설 하나쯤은 나올 터. A급 작품을 만드는 데 실패하면 B급 작품을 내면 된다. 만약 B급 작품마저 나오지 않는다면 나올 때까지 계속 쓰고 지우고를 반복하면 된다.

'조금 귀찮겠지만 확실하게 하는 게 좋지.'

규현이 단순하게 반복 작업이라고 명명한 그것은 상당히 귀찮고 힘든 작업이었지만 성과 하나만큼은 확실하게 나왔다. 보통 작가들은 첫 작품을 쓰면서 독자들의 반응을 보고 문제

점을 찾아서 보완한 뒤 다음 작품에 반영한다.

문제점을 보완하고 그걸 다음 작품에 반영하면서 작가는 성장하고 작품의 완성도를 높여간다. 하지만 이 과정을 1년에 1번에서 3번 이상 거치기 힘들다.

반면에 규현은 작품의 스탯이 보이기 때문에 미리 반응을 예측할 수 있었고, 완벽하진 않지만 그에 맞춰 고쳐야 할 부분을 어느 정도 찾아낼 수 있다. 1시간에 1번, 빠르면 3번까지 갈아엎는 게 가능했다.

'퍼즐과 비슷하지.'

100개의 퍼즐 조각이 있다면 다른 사람들은 천천히 시간을 두고 판을 넓게 보며 퍼즐을 맞추겠지만 규현은 아주 빠른 속도로 1번 퍼즐 조각을 나머지 99개의 퍼즐 조각과 하나씩 직접 맞춰 본다고 볼 수 있었다.

"형, 제이스트 작가 스토리 교정은 얼마나 남았어요? 문자 메시지가 왔는데 빨리 쓰고 싶다고 하네요."

잠시 생각에 잠겨 있던 규현은 상현의 말에 현실로 돌아왔다.

"뭐? 이제 고3이라며, 그런데 벌써 교정해 준 스토리까지 진도가 나간 거야?"

"그런 것 같습니다."

"세상에."

규현은 깜짝 놀랐다. 제이스트는 올해로 19살, 즉 고3이었다. 한참 공부할 나이에 작가를 하는 것만 해도 대견한데 얼마 전에 교정해 준 스토리까지 진도를 나갔다니, 나름 글 쓰는 속도가 빠르다고 자부하는 규현이었지만 제이스트가 더 빨리 쓰는 듯했다.

"조금만 기다려 달라고 해. 거의 끝나가니까."

규현은 말을 마치며 다른 생각을 하느라 잠시 멈췄던 스토리 교정 작업을 재개했다. 제이스트가 빨리 쓰기도 했지만 규현이 최근 강영호 신인문학상을 준비하느라 회사 일에 조금 소홀히 했던 것도 사실이었다.

"그럼 그렇게 전할게요."

"오빠, 너무 무리하는 거 아니에요?"

열심히 스토리 교정 작업을 하고 있으니, 현지가 다가와 조심스럽게 물었다.

"아니, 괜찮아. 네가 자리를 잡아준 덕분에 일거리가 다소 줄었다."

현지 같은 경우엔 이미 제국 공격기의 스토리가 안정적인 궤도에 진입했기 때문에 규현에게 스토리 교정을 받을 필요가 없었다.

또한 순위도 현재 2위와 3위를 번갈아 가며 유지하고 있었다. 연재 초반만 해도 규현은 현지의 능력을 최대한 끌어내기 위해 제국 공격기에 상당한 신경을 쏟았었다. 그래서 최근 제국 공격기가 안정적인 궤도에 진입하면서 교정이 필요 없게 되자 꽤 많은 여유가 생겼다.

"교정 끝났다. 지금 제이스트 작가에게 메일로 보낼 테니까, 그렇게 전해."

"옙!"

규현은 스토리 교정이 끝난 문서 파일을 제이스트에게 메일로 보냈다. 이제 남은 업무는 없었기 때문에 강영호 신인문학상 준비에 박차를 가할 수 있었다. 상현이 소설 쓰는 것을 잠시 쉬고 잡무에 집중하고 편집자 최일도를 추가로 고용하면서 규현이 해야 할 업무는 상당히 줄어들었다.

특히 가장 많이 줄어든 것은 편집 작업이었다. 사무실엔 칠흑팔검을 포함해서 3명의 편집자가 있고 그중 최일도는 꽤 괜찮은 경력을 가진 편집자였다.

사실은 판타지 제국에서 담당 편집자였던 이하은을 고용하고 싶었지만 그녀는 거대한 출판사인 판타지 제국에서 나오는 것을 원하지 않는 것 같았다. 그녀가 약속하긴 했지만 반쯤 농담으로 했다는 것을 알기 때문에 규현은 깨끗하게 포기했다.

'확인해 볼까.'

단편의 초반부를 완성한 규현은 그것을 문학 왕국에 비밀글로 올렸다.

꼭 프롤로그가 아니라도 초반부만 있으면 스탯을 확인할 수 있었다.

[뒤틀린 인생]
분류: 일반.
종합 등급: B.
30일 뒤 예상 24시간 구매 수: 0.

스탯은 B급.

운이 좋으면 당선될 수도 있지만 확신하기엔 부족한 수치였다.

30일 뒤 예상 24시간 구매 수가 보이긴 했지만 문단과 장르 시장은 사실상 너무나 다르기 때문에 없다고 생각하는 게 좋다.

"칠흑팔검 작가님."

"예, 말씀하세요."

규현의 말에 칠흑팔검이 노트북 키보드를 두드리던 손을 멈추고 대답했다.

"제가 쓴 소설 좀 읽어주실 수 있으세요?"

칠흑팔검은 문예창작과 졸업생이었고 강영호 신인문학상을

준비한 적도 있었다.

사실 그의 순수문학에 대한 이해도는 장르문학에 비하면 뛰어난 편은 아니었다.

하지만 규현이 알고 있는 사람들 중에서는 순수문학에 대해 가장 잘 알고 있는 편이었다.

"신인문학상에 낼 작품입니까?"

"예."

"제 메일로 보내주시겠습니까?"

"그렇게 할게요."

규현은 칠흑팔검에게 '뒤틀린 인생'을 메일로 보냈다.

"확인했습니다."

규현에게서 메일이 도착한 것을 확인한 칠흑팔검은 첨부 파일을 열어서 문서 파일을 내려 받았다. 바탕화면에 새로 생긴 문서 파일을 클릭한 뒤 뒤틀린 인생을 읽어 내려가기 시작했다.

"커피 한 잔 하시면서 읽으세요."

"감사합니다."

칠흑팔검이 집중해서 규현의 작품을 읽고 있는 동안 그는 믹스 커피를 한 잔 타서 칠흑팔검의 책상 위에 놓았다. 칠흑팔검은 화면에서 눈을 떼지 않은 상태로 감사를 표하며 커피가 담긴 종이컵을 입가로 가져갔다.

칠흑팔검이 '뒤틀린 의도'를 읽고 있는 동안 규현은 북페이지에서 가람 작가들의 순위를 확인했다.

3위를 유지하고 있던 현지의 제국 방어기는 완결과 함께 순위가 한 단계 내려가 4위를 유지 중이었고 제국 공격기는 5위까지 올라가 있었다.

"생각보다 기사 이야기의 성적이 좋네."

웹툰의 영향인 것인지 6위에서 놀고 있던 기사 이야기 1부가 3위를 유지하고 있었다.

지금 기사 이야기 웹툰은 나이버 웹툰에서 대대적으로 밀어주고 있는 인기 웹툰이었고 많은 사람들이 읽고 있었다.

웹툰을 읽고 원작에 흥미를 느끼게 된 독자들은 문학 왕국보다 접근성이 좋은 북페이지에서 기사 이야기 1부를 찾아 읽었다.

그 결과 기사 이야기 1부는 무려 북페이지 3위에 이름을 올릴 수 있었다.

순위를 확인하고 피로회복제를 마시며 시간을 보내고 있으니, 칠흑팔검이 자리에서 일어나 규현을 향해 다가왔다. 뒤틀린 의도를 다 읽은 것 같았다.

"대표님."

"네, 말씀하세요. 작가님."

칠흑팔검의 말에 규현은 그를 보며 대답했다.

규현의 얼굴은 긴장으로 인해 다소 경직되어 있었다. 그 모습에 칠흑팔검은 규현의 긴장을 풀어주기 위해 입가에 가벼운 미소를 머금었다.

"너무 긴장하지 마세요, 대표님."

"하하하, 알겠습니다."

칠흑팔검은 동의한다는 표정으로 고개를 끄덕이며 입을 열었다.

"감상을 말씀드리겠습니다. 일단 뒤틀린 의도는 흥미를 끌만한 소재를 쓰면서 생각을 하게 만드네요. 분명 책으로 나온다면 많이 팔릴 겁니다."

칠흑팔검은 잠시 말을 멈추었고 규현은 그를 보며 마른침을 삼켰다.

이윽고 칠흑팔검이 말을 이어가기 위해 다시 입을 열었다.

"하지만 문학적 성취도가 낮아요."

"문학적 성취도가 낮다는 말씀이세요?"

규현의 물음에 칠흑팔검은 고개를 끄덕였다.

규현은 아쉬운 표정으로 이를 살짝 악물었다.

문학적 성취도를 높이기 위해 노력했지만 역부족이었던 모양이었다.

많은 책을 읽는 것으로 트렌드를 파악하는 것에 성공한 것 같았다.

하지만 문학적 성취도를 높이는 것은 단순히 책을 많이 읽는 것으로 해결되는 게 아니었다.

"네. 대표님도 아시겠지만 강영호 신인문학상은 잘 팔리는 작품을 원하는 게 아니에요. 문학적 성취도가 높은 작품을 원하는 거죠."

장르 시장은 잘 팔리는 책을 선호하고 작품성은 보지 않는 경우가 많았다. 하지만 장르 시장과 달리 문단에서 원하는 작품은 문학적 성취도가 높은 작품이었다.

장르문학 공모전 같은 경우엔 작품성도 보긴 하지만 상업성을 더욱 중요하게 여긴다.

그에 비해 강영호 신인문학상과 같은 등단의 기회를 제공하는 대회들은 상업성은 거의 보지 않고 오직 문학적 성취도만 보는 경우가 대부분이었다.

문단 작가들은 돈을 버는 것보다 명예를 소중히 했다. 그런 그들에게 문학적 성취도가 높은 작품을 쓰는 것은 최고의 영광이라고 볼 수 있었다.

"문학적 성취도는 조금 낮은 편이지만, 문장도 순수문학에서 잘 쓰이는 방식으로 쓰셨네요. 짧은 시간이었는데, 금방 적응하셨군요. 이거 적응하는 게 쉽지 않거든요."

순수문학과 장르문학은 쓰는 문장의 구조 자체가 다르기

때문에 순수문학으로 옮겨가는 장르문학 작가들이 적응하는 데 꽤 긴 시간이 걸리는 편이었다.

그런데 규현은 순수문학을 쓰기로 마음먹고 그렇게 긴 시간이 흐른 것도 아니었는데 문장에 완벽하게 적응했다.

"신경 쓰긴 했는데 다행이네요."

"전체적인 분위기를 조금만 더 무겁게 잡으면 좋을 것 같아요."

칠흑팔검이 조언했다.

규현은 대답 대신 고개를 끄덕이며 동조했다. 장르 시장에 익숙해져 있어서 그런지 이번에 장편을 쓸 때 본능적으로 단문으로 쓰고, 전체적인 분위기를 가볍게 하려는 습관이 계속 나와서 그것을 조절하느라 상당히 고생했다.

노력하긴 했지만 습관을 고치지 못했고 결국 작품에 진하게 묻어 나온 것 같았다.

감상평을 끝낸 칠흑팔검은 마지막으로 격려의 말을 규현에게 남긴 뒤 자리로 돌아갔다.

그가 돌아가고 나서 규현은 다시 글을 쓰기 위해 노트북 키보드에 손을 올렸다.

*　　　　　*　　　　　*

규현은 단편보다는 장편이 나을 것 같다고 판단했다.

순수문학 특유의 단편 호흡은 좀처럼 익숙해지기 힘든 것이었다.

그나마 단편의 호흡이 인터넷 연재 방식의 장르문학 호흡과 아주 조금, 미세하게 유사점이 있었다.

규현은 빨리 쓸 수 있다는 이유로 단편을 쓰려고 했지만 이내 포기하고 장편을 쓰기로 마음먹었다.

퇴근 후, 사무실까지 찾아온 지은과 만나 근처의 식당에서 간단하게 저녁 식사를 하고 헤어진 그는 집으로 돌아오기 무섭게 노트북을 열고 키보드를 바쁘게 두드려 장편소설을 쓰기 시작했다.

'확인해 봐야겠다.'

단편소설은 장편소설에 비해 조금 적은 양을 써도 스탯 확인이 가능했다. 규현은 비밀글로 단편소설을 올린 뒤 스탯을 확인했다.

[여름 잠자리]

분류: 일반.

종합 등급: C.

30일 뒤 예상 24시간 구매 수: 약 50.

고칠 점은 고쳤다고 생각했지만 얼마 전 칠흑팔검에게 보여주었던 작품보다 스탯이 낮았다. 스탯을 확인한 규현은 크게 실망하여 인상을 쓰며 말없이 한동안 노트북 화면을 주시했다.

"도대체 뭐가 문제인 거지?"

규현은 고민했지만 답을 찾을 수 없었다.

아무래도 내일 칠흑팔검과 대화를 나눠봐야만 할 것 같았다.

규현은 초반부만 쓴 장편소설 3편 정도의 감상평을 칠흑팔검에게 부탁했다.

마침 자신이 맡은 작가들의 원고 교정도 끝냈고 칠흑혈마의 비축분도 충분했기 때문에 그는 흔쾌히 규현이 쓴 글을 읽어 주었다.

"문장이나 표현력은 정말 많이 좋아지셨습니다. 그런데 뭔가 가볍고 여운이 없는 것 같네요."

"그렇습니까?"

규현의 물음에 칠흑팔검은 고개를 끄덕였다.

그는 옥상의 찬바람을 이겨내기 위해 따뜻한 커피를 한 모금 마셨다.

커피에서 올라오는 따뜻한 온기에 그가 낀 안경에 습기가 찼다.

그는 손수건을 꺼내 안경을 대충 닦아냈다.

"뭔가 다른 소재를 써보시는 건 어떻습니까? 예를 들면 자전적 소설이라던가."

"수필 말씀하시는 건가요?"

자전적 소설은 규현에게 있어서 생소한 용어였다. 다만, 어디서 들어본 것 같았기에 그는 조심스럽게 기억을 더듬어 의미를 추측했지만 칠흑팔검은 고개를 저었다.

"자전적 소설은 수필이랑 비슷하지만 수필과는 조금 달라요."

"어떤 점이 다르죠?"

"쉽게 설명드리자면 허구로 구성된 소설이지만 실제 성격이 작가 개인의 구체적인 경험과 관련이 있는 경우가 많아요. 그러니까 장르문학의 시선으로 본다면 수필에 판타지를 섞었다고 볼 수 있겠네요."

칠흑팔검이 차분하게 설명했다. 규현은 대충 의미를 이해할 수 있었고 천천히 고개를 끄덕였다.

"작가님은 그동안 힘든 시기가 있으셨다고 들었습니다. 그것을 적당히 녹여낸다면 훌륭한 소설이 나올 것 같은데요?"

규현은 입가에 희미한 미소를 머금은 채 고개를 끄덕였다. 비인기 작가 시절부터 인기 작가가 되기까지, 그야말로 한 편의 드라마나 다름없었다.

특히 비인기 작가 시절의 어둡고 무거운 분위기를 잘만 끌고 간다면 적당히 무겁고, 독자들의 흥미를 끌 수 있는 작품이 탄생할 것 같았다.

"조언 감사합니다. 내려가서 바로 써야겠네요."

"추우니까 바로 내려가죠. 이야기도 끝났으니."

"네."

생각보다 찬바람에 칠흑팔검은 규현에게 내려갈 것을 재촉했다.

열심히 작업 중인 다른 사람들을 방해하지 않으려고 바람도 쐴 겸 옥상으로 올라왔지만 생각보다 추웠다.

만약을 위해 몸을 녹여줄 따뜻한 커피가 담긴 종이컵을 하나씩 들고 올라왔지만, 겨울바람에 얼어버린 몸을 녹이기엔 부족했다.

승강기를 타고 2층으로 내려온 두 사람은 사무실로 돌아갔다.

문을 열자 열심히 각자의 일을 하고 있는 작가들과 직원들의 모습을 볼 수 있었다.

규현과 칠흑팔검은 조용히 자리로 복귀하기 위해 발걸음을 옮겼다. 칠흑팔검은 그의 자리로 바로 복귀했지만 규현은 잠시 상현의 옆에 들렀다.

"상현아, 스토리 교정 남은 거 없지?"

규현의 물음에 노트북 키보드를 열심히 두드리던 상현의 손이 멈췄다.

그는 책상 위에 붙여둔 메모를 떼서 확인했다. 그리고 만약을 위해 메일까지 확인했지만 규현에 해야 할 스토리 교정은 없었다.

"일단은 없어요. 그리고 북페이지에서 전화 왔어요."

"내 스마트폰 확인한 거야?"

"설마요. 형이 나가고 나서 형 스마트폰으로 전화를 한 모양이에요. 아까 잠깐 진동음이 울리더라고요. 형이 전화를 안 받으니까 사무실 전화로 연락이 왔었어요."

칠흑팔검과 함께 옥상으로 올라갈 때 규현은 깜빡하고 스마트폰을 사무실 책상 위에 두고 올라가 버렸다.

그래서 북페이지에서 전화가 걸려온 줄 몰랐다. 다행히 북페이지에선 사무실 전화로 다시 전화를 걸었고 그것을 상현이 받은 모양이었다.

"임태석 팀장이야?"

현재 북페이지에는 가람 작가들의 작품이 많이 올라가 있었기 때문에 담당자도 많았다.

그래서 짐작하는 인물도 많았지만 2월 프로모션을 앞두고 있는 만큼 전화를 건 가장 유력한 인물은 마케팅 2팀의 팀장 임태석 차장이었다.

"네. 시간나면 연락 달라고 말하더라고요."

"알려줘서 고마워."

규현은 상현에게 미소를 지어보인 뒤, 자신의 책상 위에 있는 스마트폰을 확인했다.

태석으로부터 부재중 전화가 있었다. 규현은 태석에게 전화를 걸기 위해서 회의실로 들어갔다. 다른 사람들을 방해하지 않기 위해서였다.

옥상으로 올라가는 방법도 있지만, 방금 전 옥상의 칼바람을 맞은 뒤라서 그런지 내키지 않았다.

규현은 회의실 창문 쪽으로 다가가 섰다. 그리고 태석에게 전화를 걸었다.

―안녕하세요, 대표님. 북페이지 마케팅 2팀장 임태석입니다.

규현의 전화를 기다리고 있었던 것인지 전화를 걸기 무섭게 받는 태석이었다.

"제가 잠시 스마트폰을 놓고 자리를 비웠었습니다."

―한상현 씨에게 들었습니다. 요즘 많이 바쁘시다고 하시더군요.

"여러 가지 일을 벌여서 그런지 조금 바쁘기는 하네요. 그런데 오늘은 무슨 일로 전화를 하셨나요?"

규현이 태석에게 질문했다.

하지만 태석이 전화를 한 이유를 규현은 대충 짐작하고 있었다.

아마도 2월의 프로모션 때문일 것이다.

규현이 강영호 신인문학상을 준비하는 동안 꽤 시간이 흘렀고 슬슬 프로모션 진행을 위한 마무리 단계를 밟고 있을 시기였다.

―저번 주에 보내주셨던 리스트를 바탕으로 프로모션 구성 최종안이 나왔습니다. 메일로 보내 드렸으니, 확인 부탁드립니다. 혹시라도 마음에 안 드시면 말해주세요.

예상대로 프로모션 관련이었다.

프로모션을 진행하기 전에 최종 구성을 확인받는 거였다.

이제 규현이 격하게 반대하지 않는 이상 태석이 보내준 메일의 구성대로 프로모션이 진행될 것이다.

"확인하고 문자메시지 보내 드리겠습니다."

―옙! 감사합니다!

"좋은 하루 보내세요."

―감사합니다. 대표님도 좋은 하루 보내세요.

태석과의 전화 통화가 끝났다.

규현은 회의실 문을 열고 나와 자신의 자리에 앉았다. 노트북 대기 모드를 해제하고 메일을 확인했다.

태석이 보낸 메일이 도착해 있었다. 메일로 도착한 최종안에 나와 있는 프로모션 구성은 규현이 저번 주에 북페이지에 요청했던 구성 그대로였다.

가람에서 보통 정도의 성적을 유지하고 있는 작가 3명의 작품과 칠흑팔검의 칠흑혈마와 완결한 칠흑마검기가 프로모션 대상이었고 메인 작품은 최근 좋은 성적을 보여주고 있는 칠흑혈마였다.

"이제 이건 기다리기만 하면 되고, 문제는 강영호 신인문학상이네."

규현은 혼잣말을 중얼거리며 문서 작성 프로그램 아이콘을 더블 클릭했다. 하얀 바탕의 새 창이 생겨났다. 본격적인 집필 활동에 앞서 전초전이라고 할 수 있는 플롯 작성이 시작되었다.

*   *   *

규현은 자신의 경험을 바탕으로 한 자전적 소설 초반부를 사무실에서 완성했지만 스탯은 C급에 불과했다. 판타지 소설과는 달랐다. 쉬운 게 아니었다.

순수문학 작가들이 최소 몇 달에 간신히 한 권씩 뽑아내는 게 뒤늦게 이해가 갔다.

'조금만 더 초반부를 어둡게 해서 후반의 극적인 연출을 노려볼까?'

집으로 돌아온 규현은 책상에 앉아 고민한 끝에 하나의 방법을 생각해 냈다.

초반부의 어두운 분위기를 조금 더 강조하는 것이다. 칠흑팔검은 강영호 신인문학상의 심사 위원들은 최근 거의 변함이 없다고 했다.

최근 당선작을 쭉 읽어본 결과, 대부분 무거운 분위기이거나 어두운 분위기였던 게 대부분이었다.

그리고 대부분의 분위기가 무겁고 어두운 만큼 읽고 나서 여운이 길게 남았다.

순수문학은 무겁고 어두운 분위기도 선호하는 편이었지만 장르문학은 아니었다.

장르 시장의 경우 선호도 때문에 분위기를 너무 어둡거나 무겁게 하는 것을 피하려고 했지만 스탯의 상태를 보니 그건 확실히 아닌 모양이었다.

'일단 쓰자.'

방향이 정해졌다. 규현은 정신을 가다듬은 뒤 손가락을 빠른 속도로 움직여 키보드를 두드렸다.

열심히 글을 쓰니, 얼마 지나지 않아서 초반부를 완성할 수 있었다. 그는 비밀글로 문학 왕국에 올린 다음 스탯을 확인했다.

긴장되는 순간이었다.

[흐린 날]
분류: 일반.
작품 등급: A.
30일 뒤 예상 24시간 구매 수: 약 200.

규현은 환호성을 질렀다. 드디어 만족스러운 결과가 나왔다. A급 작품이었다. 이거면 강영호 신인문학상에 당선될 수 있을 것이다.

"후우!"

긴장이 풀린 규현은 의자 등받이에 몸을 기대며 한숨을 내쉬었다.

"긴 싸움이었어."

규현은 힘없는 눈으로 노트북 화면을 보며 중얼거렸다.

긴 시간 동안 하나의 작품을 준비하는 순수문학 작가들이 들으면 뒷목잡고 쓰러질 소리였다.

다른 작가들이라면 넘어지는 것을 반복하여 상처투성이가 되어 간신히 하나의 작품을 완성했을 것이다.

의자 등받이에 몸을 기댄 채 30분 정도 휴식을 취한 규현은 다시 노트북 키보드 위에 손을 올렸다.

아직 끝난 게 아니었다.

높은 등급을 확보했지만 아직 완성하지 않은 상황. 아직 긴장을 놓을 순 없었다.

인터넷 연재로 확인한 바에 의하면 중간에 등급이 하락하는 경우는 드물었지만 구매 수는 기복이 있었다.

이것이 의미하는 것은 초반부 판정을 좋게 받아도 대책 없이 막 쓴다면 퀄리티가 크게 하락할 수도 있다는 것이다. 그래서 아직 긴장을 놓을 수 없었다.

"후우! 진짜 끝이다."

작품을 완성한 규현은 일어나서 간단하게 몸을 풀었다.

책상 위에는 빈 피로회복제 병과 다 마신 캔 커피가 어지럽게 흩어져 있었다.

규현은 스마트폰으로 시간을 확인했다. 시간은 새벽 2시를 넘기고 있었다.

규현은 강영호 신인문학상을 주최하는 한국문학인협회 홈페이지에 나와 있는 이메일로 완성된 작품을 보냈다. 모든 것을 끝내고 그는 힘없이 침대에 몸을 던졌다.

*　　　　*　　　　*

2월이 되면서 북페이지에 프로모션이 시작되었다.

모두의 예상대로 프로모션의 구성 작품들은 모두 매출이 많이 상승해서 가람에 막대한 이익을 가져다주었다. 프로모션 기간이 끝나갈 때 사무실에서 규현은 한 통의 전화를 받을 수 있었다.

"여보세요?"

그는 회의실에서 전화를 받았다.

─한국문학인협회입니다. 정규현 작가님 되시죠?

전화를 건 남성이 침착한 목소리로 지금 전화를 받은 사람이 규현이 맞는지 확인했다.

"네. 그렇습니다. 제가 정규현입니다."

규현의 목소리가 흥분으로 인해 조금 떨렸다.

며칠 있으면 강영호 신인문학상 당선작 발표가 있다. 지금 이 시기에 주최 측인 한국문학인협회에서 규현에게 전화를 걸 이유는 하나였다.

바로 당선 사실 통보였다.

─우선은 축하드립니다. 강영호 신인문학상 장편소설 부문에 당선되셨습니다.

예상대로였다.

"감사합니다."

규현의 대답을 들은 남자는 간단한 안내 사항을 전파했다.

그리고 시상식 일정과 장소는 문자메시지로 보내주겠다는 말을 남기고 전화를 끊었다.

전화 통화가 끝나고 남자의 말대로 문자메시지가 도착했다.

장소와 날짜를 확인한 규현은 수첩에 옮겨 적은 뒤 스마트폰을 주머니에 집어넣고 회의실을 나왔다.

"오빠, 기분이 상당히 좋아 보여요. 무슨 전화였어요?"

"혹시 한국문학인협회에서 온 전화입니까?"

회의실에서 나오는 규현의 환한 얼굴을 본 현지가 궁금한 것을 참지 못하고 질문했다.

칠흑팔검도 질문을 했지만 대충 짐작하고 있는 것 같았다. 만약 당선되었다면 협회에서 전화가 올 시기였고 칠흑팔검은 그것을 아주 잘 알고 있었다. 특히 규현의 표정이 모든 것을 말해주고 있었다.

"네. 한국문학인협회에서 온 전화네요."

규현이 대답했다. 바쁘게 키보드를 두드리고 있던 직원들과 작가들의 손이 멈췄다. 멈추지 않을 것만 같았던 타자 치는 소리가 멈추고 잠시 고요한 침묵이 내려앉았다.

모두 규현이 강영호 신인문학상에 도전했다는 사실을 알고 있기 때문에 결과가 궁금한 모양이었다. 눈치가 빠른 이들은 이미 협회에서 전화가 왔다는 규현의 말을 듣고 당선 사실을 확신하고 있었다.

"그렇다면 당선 통보네요. 축하드립니다, 대표님."

"축하드려요."

"축하해요, 오빠!"

직원들과 작가들이 모두 일어서서 규현의 당선 사실을 축하해 주었다. 규현은 입가에 미소를 그렸다.

"감사합니다."

등단. 지금만 해도 규현은 등단이 자신의 운명을 크게 뒤바꿀 것이라고 생각하지 못했다.

규현이 당선 사실을 통보받고 기뻐하고 있을 때 석현은 고통받고 있었다.

그는 넓은 거실의 소파 앞에 서서 고개를 숙이고 있었다. 석현의 앞에는 그의 아버지인 강진우가 있었다. 흰 머리가 무성한 그는 소파에 앉아 못마땅하다는 표정으로 석현을 쏘아보고 있었다.

"할 말은 그게 전부냐?"

소름 끼치도록 차가운 목소리에 석현의 몸이 살짝 떨렸다. 그는 바닥을 향해 고정하고 있던 시선을 위로 올려 진우를 보며 입을 열었다.

"아버지, 저는 최선을 다했습니다."

"최선을 다했다는 건 중요하지 않다. 중요한 건 결과야."

진우의 차갑고 냉정한 말에 석현은 이를 악물었다.

진우를 향하던 시선이 다시 내려가 바닥에 꽂힌다. 석현은 입을 다물었고 불편한 침묵이 이어졌다. 보다 못한 진우가 입을 열었다.

"나도 많이 기다렸다. 하지만 넌 언제나 변명을 했지. 단편 보단 장편이 자신 있다고 해서 장편을 내라 했고 유명 신문사 신춘문예는 너무 힘들다고 해서 강영호 신인문학상에 도전하라고 했다. 그런데 이번에도 실패했구나. 이 아비는 실망이 크다."

석현은 쉽게 입을 열지 못했다.

학창 시절, 그는 공모전을 휩쓸고 다닐 정도로 순수문학에 재능을 보였었다.

그래서 문예창작과에 입학할 때까지만 해도 그는 자신감이 넘쳤다.

자신의 실력이라면 신춘문예 정도는 우습게 당선될 것이라 생각했다. 하지만 현실은 가혹했다.

신춘문예에 도전하는 지망생 중에 석현과 같은 인재는 너무나 흔했다.

결국 낙선은 계속 이어졌고, 그의 자신감을 깎여 나갔다. 그리고 자신감이 깎여 나갈수록 그의 성격은 삐뚤어졌다.

"저는, 저는 최선을 다했습니다."

"앵무새냐? 같은 말만 반복하는구나."

석현은 나오지 않는 목소리를 간신히 짜내서 다시 한번 더 자신을 변호했지만 진우의 반응은 여전히 차가웠다. 그의 독설은 비수가 되어 석현의 가슴을 찔렀다.

"아버지가 통화하시는 거 다 들었습니다. 제가 간발의 차로 2등을 해서 낙선을 했다는 것을 말입니다!"

어제 오후 5시쯤이었다.

방에서 책을 읽다가 1층으로 내려온 석현은 진우가 강영호 신인문학상의 심사 위원장과 전화 통화를 하는 것을 들었다.

그때 분명 석현은 들었다.

자신이 2등이라서 아쉽다고 말하는 진우를.

"그래서 어떻게 하란 말이냐. 사람들은 1등만 기억한다."

"아버지께서 조금만 힘을 써주셨더라면!"

"못난 놈!"

석현의 변명에 진우는 결국 언성을 높이고 말았다.

지금까지 그는 차갑게 독설을 내뱉고 냉정하게 말하긴 했지만 언성을 높이지는 않았다.

차분하게 감정을 가다듬던 그가 석현의 변명에 결국 폭발한 것이다.

"힘을 써? 나보고 심사 위원을 매수라도 하라는 말이더냐?

지금 그걸 말이라고 해? 네가 그동안 내 이름을 팔아서 부끄러운 짓을 많이 했다는 것은 알았지만 설마 이런 생각까지 할 줄은 몰랐다."

진우는 고개를 저었다.

자신의 아들이었지만 그가 생각해도 답이 없었다. 귀한 아들이라서 어릴 때부터 자유롭게 놓아주었던 것이 화근이었다.

"이번 주 토요일에 시상식이 있다."

어느 정도 감정을 다스린 진우는 옆에 놓여 있는 편지 봉투 같은 것을 탁자 위에 올렸다. 그리고 석현이 있는 방향으로 가볍게 밀었다.

"이게 뭔지는 너도 알고 있겠지."

"네."

석현은 간략한 대답과 함께 고개를 끄덕였다.

봉투에는 한국문학인협회라고 크게 적혀 있었다. 강영호 신인문학상 시상식 초대장이었다.

"지금 그 감정을 기억해라. 그리고 시상식에 참석해서 다시한번 정신을 가다듬어. 네가 서야 할 자리를 미리 보고 채찍질하고 오란 말이다."

진우는 평상시의 표정으로 돌아와 있었다. 그의 충고에 석현은 고개를 끄덕이며 입을 열었다.

"네, 아버지."

*　　　　*　　　　*

'왠지 왕따가 된 기분이네.'

시상식 장소에 도착하고 10분이 지나자 규현의 머릿속을 스쳐 지나가는 생각이었다.

아직 시상식은 시작하지 않았다. 그래서 모두 비교적 자유롭게 시상식장 내부를 돌아다니고 있었지만 혼자 있는 사람은 거의 찾을 수 없었다.

대부분이 무리를 이루고 있었다.

대한민국의 문단은 좁기 때문에 서로 아는 사이인 경우가 많았다.

지망생들도 문예창작과 출신이 대부분이었기 때문에 대부분이 서로를 알고 있었다. 그러다 보니 시상식에서 마주치는 게 드문 일은 아니었다.

"모두 착석해 주십시오. 곧 시상식이 시작됩니다."

사회자로 보이는 남자가 마이크에 입을 대고 말했다.

그 말에 정신없이 흩어져 있던 사람들이 가까운 의자에 앉았다.

규현은 스마트폰을 꺼내 시간을 확인했다.

10분 후면 시상식이 시작될 시간이었다.

10분은 금방 흘렀고 곧 식이 시작되었다.

국민의례와 애국가 제창이 끝나고 내빈 및 심사 위원 소개가 있은 뒤, 협회의 회장과 부회장의 간단한 인사말이 이어졌다.

그리고 몇 가지 순서가 지나가고자 마침내 규현의 이름이 호명되었다.

규현은 단상으로 올라가 한국문학인협회의 회장 앞에 섰다.

"당선을 축하하네."

간단한 악수가 끝나고 상패 등을 전달받았다. 그리고 단상에서 내려가려는 순간이었다.

"거, 거짓말! 이건 조작이야! 조작이라고!"

장내를 울리는 익숙한 목소리에 소리가 들리는 방향으로 고개를 돌리니 아니나 다를까 익숙한 얼굴을 볼 수 있었다.

의자에서 일어나 분노에 찬 얼굴로 규현을 노려보고 있는 그는 석현이었다.

"죄, 죄송합니다."

시상식을 취재 나온 기자들의 카메라가 석현에게 향하자 그는 그제야 자신의 실수를 깨닫고 고개를 숙여 사죄하며 제

자리에 앉았다. 그리고 좀처럼 고개를 들지 못했다.

아무래도 순수문학을 배운 지 얼마 되지 않은 규현이 강영호 신인문학상을 통해 등단했다는 사실에 과한 충격을 받아서 순간적으로 사리분별을 하지 못한 것 같았다.

"미치겠군."

석현의 돌발 행동에 진우는 고개를 저으며 비서를 호출했다.

"석현이를 일단 다른 곳으로."

"알겠습니다."

비서는 고개를 끄덕였다.

비서는 기자들을 뚫고 들어가 석현을 데리고 시상식장을 나갔다.

한편 그들의 뒷모습을 보던 규현은 입가에 미소를 지으며 가벼운 웃음소리를 흘렸다.

석현으로 인한 소란도 잠깐이었다.

한국문학인협회의 부회장이자 하늘서고 출판사의 사장이며 석현의 아버지인 진우는 소란을 가라앉히기 위해 식순을 빨리 진행했다.

규현이 정신을 차리고 보니 어느덧 사회자가 폐회사를 하고 있었다.

"이상으로 26회 강영호 신인문학상 시상식을 마치겠습니다.

감사합니다."

박수가 터져 나오고 시상식이 완전히 끝났다.

벗어서 무릎 위에 올려두었던 코트를 다시 입고 상패를 챙긴 뒤 문을 나서려는 순간, 누군가 그의 앞을 다급하게 막았다.

"잠깐만 시간을 내주실 수 있으십니까?"

"누구시죠?"

질문을 하긴 했지만 목에 걸고 있는 카메라가 그의 신분을 대충 짐작할 수 있게 했다.

지금 이곳에서 굳이 카메라를 들고 있을 만한 사람은 기자밖에 없다.

"푸름일보 기자 최병훈입니다. 잠깐만 시간을 내주세요."

규현은 살짝 놀랐다.

푸름일보면 꽤 이름 있는 신문사였다.

"인터뷰인가요?"

"네, 잠깐이면 됩니다."

"네, 알겠습니다."

규현은 흔쾌히 수락했다.

강영호 신인문학상은 권위 있는 시상식이었지만 당선자들을 모두 인터뷰하진 않는다.

인터뷰를 한다는 것은 화제가 되었거나, 화제가 될 만하다고 판단했다는 것이다.

아마도 병훈은 규현이 장르문학 작가라는 것을 이미 파악했을 확률이 높았다.

정규현이 수호자라는 것은 기사 이야기 웹툰이 유명해지면서 이미 퍼진 사실이었기 때문에 알아내고자 하면 아는 게 어려운 일은 아니었다.

"여긴 소란스러우니 근처 카페로 가시죠."

병훈이 말했다.

시상식이 끝나긴 했지만 아직 내부에는 서로의 기쁨과 슬픔을 나누느라 나가지 않고 있는 사람들이 제법 있어서 인터뷰를 하기엔 좋은 환경이 아니었다.

카페에 도착해서 아이스티 2잔을 주문했다.

이윽고 각자 아이스티들 들고 자리에 앉았다. 병훈은 넷북을 꺼냈다.

"일단 사진 한 장만 찍겠습니다. 괜찮으시죠?"

그는 카메라를 들어 올리며 물었다.

규현이 고개를 끄덕이자 병훈은 거리를 벌려서 괴상한 자세로 사진을 찍었다.

주변 사람들이 그를 호기심 어린 시선으로 보았지만 그는 신경 쓰지 않았다.

약 3장의 사진을 찍은 그는 만족스러운 얼굴로 자리로 돌아와 넷북 전원을 켰다.

"정규현 작가님, 그럼 몇 가지 질문을 시작할게요. 현재 장르문학 작가로 활동 중이시죠?"

"네. 그렇습니다."

규현의 대답을 병훈은 아주 빠르게 넷북 키보드를 두드려서 옮겨 적었다.

"장르문학으로 큰돈을 버신다고 들었습니다. 꽤 믿을 만한 소문에 의하면 최소 월 5,000만 원 정도의 인세를 받는다는 것 같던데, 굳이 강영호 신인문학상을 통해 등단하신 이유가 무엇입니까?"

날카로운 질문이었지만 예상하고 있었다. 인터뷰는 예상하지 못했지만 누군가 비슷한 질문을 던질 것이라 생각하고 연습해 둔 답안이 있었다.

"장르문학 작가도 할 수 있다는 것을 보여주고 싶었습니다. 비록 지금은 사이가 좋지 않지만 결국 하나의 문학으로 뿌리는 같다는 것을 증명하고 싶었습니다. 장르문학 작가도 순수문학을 쓸 수 있고, 순수문학 작가도 장르문학을 쓸 수 있다는 것을 보여 드리고 싶었습니다."

규현의 대답에 병훈의 두 눈이 날카롭게 빛났다.

"그렇다면 증명이 되었다고 생각하십니까?"

"메시지는 충분히 전달되었을 것이라 생각합니다."

규현은 입가에 부드러운 미소를 머금은 채 대답했다.

그의 대답엔 여러 가지 의미가 담겨 있었다.

병훈은 넷북 키보드를 빠른 속도로 두드려 규현의 대답을 옮겨 적었다. 그의 타자 속도는 기자답게 상당히 빠른 편이었다.

"그렇다면 장르문학과 순수문학을 같이할 생각이신가요? 아니면 둘 중 하나의 길만 밀고 나가실 생각인가요?"

기자답게 날카로운 질문을 하는 병훈. 민감한 질문이었다.

대답 여하에 따라 장르문학과 순수문학 둘 중 하나 또는 둘 모두에게서 좋지 않은 시선을 받을 수 있었다.

"그건 아직 결정된 게 없습니다. 죄송합니다."

규현은 가장 모범적이라고 생각하는 대답을 했다.

그래서 일단은 대답을 회피하는 게 가장 좋다고 생각했다.

괜히 선불리 경솔한 대답을 했다가 그의 이미지가 나빠질 우려가 있었다.

"대답하기 곤란하신가 보군요. 알겠습니다."

다행히 병훈은 캐묻지 않았다.

"집요하게 캐묻지 않으시네요?"

"하하하, 당연하죠. 이건 인터뷰예요, 작가님. 형사가 용의

자 취조하는 게 아니에요."

규현의 물음에 병훈은 호쾌하게 웃으며 대답했다.

그의 대답에 규현은 작은 소리로 웃으며 아이스티를 한 모금 마셨다.

"장르문학 쪽에서 1세대 작가의 뒤를 잇는 작가라는 평이 자자합니다. 1세대 작가들처럼 해외로 진출하실 생각이 있으신가요?"

병훈이 질문했다. 해외 진출. 당연히 생각한 적 있었다. 생각하지 않았다면 그건 거짓말일 것이다.

처음 인기가 없던 시절에는 먹고 살 돈만 벌 수 있으면 좋겠다고 생각했었다.

하지만 인간의 욕심은 끝이 없었다.

점점 더 높은 곳을 원하게 되었고, 지금은 해외 진출까지 바라고 있었다.

"아직까지 1세대 작가 선배님들을 제외하면 해외 진출 사례는 없다고 들었습니다. 아직 미숙한 저로서는 감히 그분들을 따라가기 위해 무리하는 것을 자제하고 있습니다. 즉, 지금 당장은 해외 진출을 위해 움직이고 있지 않습니다."

규현은 겸손하게 대답했다. 병훈의 눈이 다시 날카롭게 빛났다.

"그 말은 제의가 들어오면 하겠다는 말씀이신가요?"

"거절하진 않을 것 같습니다."

규현의 눈이 빛났다.

"순수문학의 길에 발을 디딘 지 얼마나 되었습니까?"

"비밀입니다."

병훈의 질문에 규현은 재치 있게 대답했다.

솔직하게 대답할 경우 여러 가지 논란에 휩싸일 수 있었다.

"방금 전의 질문과 비슷하지만 여쭙겠습니다. 혹시 순수문학을 시작하게 된 동기라던가 계기 같은 게 있습니까?"

병훈의 질문에 규현은 입가에 부드러운 미소를 머금었다.

25장

결혼식

"좋은 아침입니다."

"어서 오세요."

"좋은 아침이네요."

사무실에 들어오며 규현이 인사하자 먼저 출근해 있던 편집자 두 명이 자리에서 일어나며 인사했다. 규현이 고개를 끄덕이자 그들은 다시 자리에 앉았다.

"좋은 아침이요."

자신의 자리를 향해 규현은 발걸음을 옮겼고, 중간쯤 갔을 때 칠흑팔검이 탕비실에서 나오며 아침 인사를 했다. 규현은 고개를 살짝 숙이는 것으로 답했다.

"역시 일찍 출근하셨네요."

"저희보다 먼저 오셨어요."

가장 최근에 입사한 편집자 일도가 말했다. 규현은 수긍하며 고개를 끄덕였다. 규현이 볼 때 칠흑팔검은 가람에서 가장 부지런한 작가였다. 그는 언제나 사무실에 가장 먼저 출근했다. 그리고 규현과 비슷한 시간 또는 더 늦은 시간에 퇴근했다.

"먹고살려면 성실해야죠."

칠흑팔검은 입가에 미소를 그린 채 그렇게 대답하며 자신의 자리에 앉았다. 그리고 잠시 주변을 정리하더니 노트북 키보드를 바쁘게 두드리기 시작했다. 그 모습에 규현도 만족스러운 표정으로 고개를 끄덕이며 노트북 키보드를 두드렸다.

늘 그렇듯 적막 속에서 키보드 두드리는 소리만 들렸고 이따금 문이 열리고 작가들이 들어오며 밝은 얼굴로 인사를 했다. 웬일로 현지가 제일 늦게 출근했는데 그녀는 상기된 얼굴로 규현에게 달려와 신문을 내밀었다. 푸름일보였다.

"오빠, 인터뷰했다고 하셨잖아요. 신문에 나왔어요."

"그래?"

현지는 자기 일처럼 들떠 있었다. 흥분한 목소리로 말하는 그녀의 모습에 규현은 푸름일보를 건네받아 몇 장 넘겨보았다. 그녀의 말대로 규현의 인터뷰가 신문에 기재되어 있었다.

〈판타지의 거장 정규현! 문단의 신성이 되어 나타나다!〉

타이틀을 확인한 규현은 슬쩍 입꼬리를 올려 웃으며 인터뷰 내용을 읽었다. 악의적인 편집이 있을 수도 있다고 생각했지만 전혀 아니었다.

"와아! 대표님이 인터뷰하셨다는 신문사가 푸름일보였어요?"

옆에서 먹는 남자는 현지가 가져온 신문을 보며 감탄했다. 감탄할 수밖에 없었다. 푸름일보는 국내의 제법 이름 있는 신문사였기 때문이었다.

"이러다가 대표님 소설, 드라마나 게임, 그리고 영화로 만들어지는 거 아니에요? 해외 진출도 하고."

먹는 남자의 말에 규현은 입가에 미소를 머금었다. 개인적으로 기사 이야기의 드라마나 영화화는 기대하지 않았다. 한국에서 판타지 소설을 드라마나 영화로 만드는 것은 힘든 일이었기 때문이었다. 하지만 게임화나 해외 진출은 어느 징도 기대를 하고 있었다.

"해외 진출도 하면 좋죠. 제안이 오기를 기다리고 있습니다."

규현은 그렇게 말하며 의자에 앉았다. 현지가 신문을 회수하고 자신의 자리로 돌아가자 먹는 남자도 자리로 돌아가 글을 쓰기 시작했다.

회의가 끝나고 모두가 퇴근하자 사무실엔 규현과 칠흑팔검만 남았다. 처음 편집자들은 규현이 마지막까지 남아 있는 것에 눈치를 봤지만 규현이 먼저 퇴근하라고 몇 번을 말하고 나니, 눈치 보지 않고 편하게 퇴근하는 경지에 올랐다.

"저는 먼저 퇴근하겠습니다. 칠흑팔검 작가님은 오늘도 성실하시네요."

"저도 오늘은 일찍 퇴근할 겁니다. 30분만 더 쓰고 가려고 합니다. 하하하."

시원스레 웃으며 대답하는 칠흑팔검의 모습에 규현은 입가에 가벼운 미소를 머금고 사무실을 나섰다. 계단을 통해 1층으로 내려가서 주차장으로 가기 전에 잠깐 시간을 확인하기 위해 스마트폰을 들어 올린 규현은 문자메시지가 한 통 도착한 것을 확인할 수 있었다.

[저희 3월 13일에 결혼합니다. 오셔서 축하해 주시면 감사하겠습니다.]

"강경석? 누구였더라."

규현은 기억을 되짚어 보았지만 그가 누구인지 쉽게 떠오르지 않았다. 하지만 전화번호가 저장되어 있는 것으로 보아 분명 그와 관계가 있는 인물인 것 같았다.

"급한 건 아니니 천천히 기억하지, 뭐."

스마트폰을 대충 주머니에 집어넣은 규현은 주차해 놓은 차에 탑승했다. 그러고는 시동을 걸고 집으로 차를 몰았다. 얼마 지나지 않아서 집에 도착한 규현은 주차장에 차를 주차한 후 우편함을 확인했다. 예상대로 청첩장이 도착해 있었다.

열쇠로 문을 열고 집으로 들어온 규현은 책상 위에 청첩장을 던져 놓고 옷을 갈아입었다. 그리고 샤워까지 끝낸 후 청첩장을 열어 보았다. 결혼식의 주인공은 강경석과 신지윤이었다.

"아!"

신지윤의 이름을 보는 순간 규현은 경석이 누군지 떠올릴 수 있었다. 경석과 지윤은 고등학교 동창이었다. 경석은 존재가 희미해서 기억이 잘 나지 않았지만 지윤은 남녀공학이었던 규현의 고등학교에서 예쁘기로 유명했었기 때문에 금방 기억할 수 있었다.

"이야, 경석이 출세했네? 지윤이랑 결혼도 하고 말이야."

규현은 청첩장을 책상 서랍에 넣으며 중얼거렸다. 그들에 대한 기억이 서서히 수면 위로 모습을 드러내고 있었다. 규현의 기억이 틀리지 않다면 고등학교 1학년 때부터 경석은 지윤을 따라다녔다. 스토커 수준은 아니었지만 자신의 감정 표현에 열심이었다.

고등학교를 다닐 때만 해도 지윤은 경석을 받아주지 않았었지만 대학교에 입학할 때 규현은 두 사람이 사귄다는 소문을 우연히 듣게 되었다. 그 이후로 규현은 대학교 생활에 바빠 현석과 석현을 제외한 고등학교 동창들과 연락이 끊기게 되면서 소식을 듣지 못했다.

'현석이도 갈 거 같고, 나도 가서 축하해 줘야겠다.'

경석과 친한 사이는 아니었지만 그렇다고 해서 껄끄러운 사이도 아니었기에 규현은 망설임 없이 결혼식 참석을 결정했다. 오랜만에 동창들 얼굴이나 볼 생각이었다.

*   *   *

"오늘은 조금 일찍 퇴근하겠습니다."

규현은 그렇게 말하며 퇴근하기 위해 책상을 정리했다. 노트북을 가방에 집어넣고 어질러져 있는 잡다한 것들은 서랍에 넣었다.

"오빠, 벌써 퇴근하시는 거예요?"

가방을 들고 코트를 입는 순간, 현지가 두 눈을 동그랗게 뜨고 물었다. 그 말에 규현의 시선이 그녀에게 향했다.

"약속이 있어서 말이야."

"지은인가 뭔가 하는 그 여자 만나러 가는 거죠?"

규현의 대답에 현지는 두 눈을 가늘게 뜨고 물었다. 규현은 고개를 끄덕이며 입을 연다.

"응. 지은이 만나러 가는 거야. 마침 근처에 있다고 하더라고."

지은을 만나러 간다는 규현의 말에 현지의 표정이 순간 굳었으나, 그녀는 규현이 볼 새라 서둘러 표정을 관리했다. 입가에 부드러운 미소를 그리고 있었지만 규현은 그 가면 아래에 가득 찬 적의를 느낄 수 있었다.

"오빠, 그 여자 안 만나면 안 돼요? 저번에 보니까, 별로 좋은 여자는 아닌 것 같던데."

현지의 말에 규현은 눈살을 찌푸렸다. 지은과 만나면 규현은 언제나 마음이 편안했다. 그래서 그녀에게 적지 않은 호감을 가지고 있었는데 현지가 그렇게 말하니 기분이 좋을 리가 없었다. 하지만 그는 화를 내지 않고 차분한 표정으로 입을 연다.

"현지야, 말이 조금 심한 것 같아."

"죄, 죄송해요. 저도 모르게……."

현지는 뒤늦게 자신의 경솔함을 깨닫고 규현에게 사과했다.

최근 현지는 규현이 지은을 자주 만나고 있다는 사실에 질투와 위기를 느꼈다. 그동안 나름 이미지 관리를 열심히 했다고 생각했지만 유감스럽게도 오늘 그만 조급하게 감정을 드러내고만 것이다.

"일단은 가볼게. 수고해. 다들 수고하세요."

규현은 그렇게 말하며 사무실을 나섰다. 그리고 지은과 만나기로 한 근처의 카페로 향했다. 찬바람을 뚫고 따뜻한 카페 안으로 들어간 규현은 책을 읽고 있는 지은의 뒷모습을 볼 수 있었다. 장난기가 발동한 규현은 그녀의 뒤로 살금살금 걸어갔다.

한편 지은은 책을 읽느라 규현의 은밀한 접근을 느끼지 못했다. 그녀의 뒤에 접근한 규현은 아주 천천히 그녀의 어깨에 손을 살짝 올렸다. 어깨에서 느껴지는 무게감에 그녀는 깜짝 놀라 고개를 돌렸다. 그러나 어깨에 손을 올린 사람이 규현이라는 것을 확인하자 환한 미소를 지었다.

"오빠, 오셨어요?"

그동안 많이 친해진 두 사람은 서로에 대한 가벼운 스킨십 정도는 자연스럽게 받아들이는 단계였다.

"제가 아이스티 미리 주문했어요. 곧 나올 거예요. 잘했죠?"

그녀의 말이 끝나기 무섭게 테이블 위에 놓인 진동벨이 울린다.

"지은이 센스 있네. 내가 다녀올게. 앉아 있어."

지은에게서 진동벨을 받아 들고 일어나려는 그녀를 다시 의자에 앉힌 규현은 카운터 쪽으로 발걸음을 옮겼다. 규현은 아이스티 1잔을 받아 들고 다시 지은이 있는 곳으로 돌아가 그녀의 앞에 앉았다. 규현이 앞에 앉자 그녀는 책을 덮고 규현을 보았다.

"내 퇴근 시간에 딱 맞춰서 마침 이 근처였다니, 놀라운 우연인 걸? 근처에서 뭐 하고 있었던 거야?"

"근처 맛집에서 친구들이랑 같이 저녁 먹고 있었어요."

거짓말은 아니었다. 그녀는 분명 친구들과 함께 근처 유명한 맛집에서 저녁을 먹었다. 물론 친구들을 불러 모아 자리를 마련한 이는 지은이었다.

"개강했을 텐데, 학교생활은 어때?"

"하아, 경영은 너무 어려운 것 같아요. 오빠는 어때요?"

규현이 먼저 지은의 근황을 물었다. 3월이 되면서 다시 지루하기만 한 학교생활이 시작되었다. 지은도 학교생활이 즐겁지 않은 것인지 한숨을 쉬며 대답했다.

"1학년이었으면 자퇴했지. 그동안 다닌 게 아까워서 계속 다니고 있는 거야."

학교를 다니면 글을 쓰는 시간이 상당히 많이 줄어들기 때문에 취업한 걸로 인정해 달라고 학과장에게 부탁했지만, 학과장은 작가 활동은 취업으로 인정되지 않다고 하며 계속 학교에 나올 것을 요구했다.

"오빠, 다음 주 일요일에 혹시 시간 있으세요?"

지은이 말했다. 그녀는 용기를 냈지만 유감스럽게도 다음 주 일요일, 3월 13일은 규현의 고등학교 동창의 결혼식이 있었다.

"나, 그날 결혼식이 있는데?"

규현의 말에 지은은 어두운 얼굴로 고개를 숙였다. 내일부터 집안에서 따로 경영 수업을 본격적으로 받기 때문에 당분간 규현을 만날 시간이 없었다. 그나마 13일에 시간이 비는데, 하필 규현은 결혼식이 있다고 한다.

지은은 풀이 죽어서 고개를 좀처럼 들지 못했다. 그러다 무슨 좋은 생각이 떠오른 것인지 밝은 표정으로 고개를 들었다. 그녀는 규현을 보며 입을 열었다.

"오빠! 저도 따라가면 안 돼요?"

그녀가 생각한 좋은 방법은 결혼식에 따라 가는 것이었다. 원래 그녀는 이런 행동을 별로 좋아하지 않는 편이었지만 이번만 예외로 두기로 했다. 물론 규현이 거절하면 깨끗하게 포기할 생각이다.

"상관은 없을 것 같은데. 모르는 사람 결혼식에 오려는 이유라도 있어?"

"부케! 부케 받고 싶었거든요!"

"부케라······."

지은의 말에 규현은 고개를 끄덕였다.

"그럼 그날 보자. 지하철역 근처로 내가 데리러 갈게."

"고마워요. 오빠."

13일 약속을 잡은 두 사람은 근래에 인터넷에서 화제가 된 뉴스 등을 이야기하며 시간을 보냈다. 어느덧 시간은 흐르고 슬슬 헤어져야 할 때가 다가왔다.

"슬슬 일어나 봐야겠다."

"오늘도 시간을 뺏어서 죄송했어요."

"아니야, 나도 즐거웠어."

규현은 미소를 지은 채 대답하며 짐을 챙겼다. 지은도 책을 가방에 집어넣고 일어났다. 그런 그녀를 흐뭇하게 바라보며 규현은 입을 열었다.

"우리 이러니까 꼭 데이트하는 것 같네."

규현의 말에 지은의 얼굴이 새빨갛게 물들었다. 그리고 그녀의 심장이 미친 듯이 뛰기 시작했다. 지은은 시선을 한곳에 두지 못하고 눈동자를 이리저리 움직였다. 그러다 자신의 얼굴이 상당히 붉어지고 표정 관리가 안 된다고 생각했는지 두 손으로 얼굴을 가렸다.

"머, 먼저 가볼게요!"

그리고 빠른 속도로 멀어지는 그녀의 뒷모습을 보며 규현은 입가에 미소를 그리며 입을 연다.

"귀엽네."

하지만 이미 지은은 멀어진 뒤였다. 규현이 아주 작은 목소리로 말한 그 말을 지은은 듣지 못했다. 만약 들었다면… 어쩌면 기절했을 지도 모르는 일이다.

결혼식 당일 아침 날씨는 상당히 추웠다. 규현은 지은이 오래 기다릴까 봐 약속 시간보다 30분 전에 미리 지하철역에 도착했다. 그녀는 평소에도 약속 시간보다 빨리 오는 모습을 자주 보였기 때문에 이번에도 그보다 일찍 와서 밖에서 규현을 기다릴 수도 있었다.

주차하기 괜찮은 곳에 차를 주차하고 지은을 기다리기 시작한 지 10분 정도가 흘렀다. 아니나 다를까 예상대로 멀리서 걸어오는 지은의 모습을 볼 수 있었다.

"정말 일찍 다니네."

규현은 혼잣말을 했다. 그는 일찍 다니는 지은이 마음에 들었다. 규현은 스마트폰으로 시간을 확인했다. 약속 시간까지 아직 20분 정도 남아 있었다. 지은이 어느 정도 가까이 온 것을 확인한 규현은 차 문을 열고 내렸다. 차에서 내리는 규현을 발견한 지은이 미소를 지으며 빠른 걸음으로 다가온다.

"역시 오빠 차였네요. 오래 기다리셨어요? 죄송해서 어쩌죠?"

지은은 정말 미안한 표정이었다. 규현은 미소를 지었다.

"너는 늘 일찍 오잖아. 하루 정도는 내가 먼저 와서 기다리는 것도 괜찮다고 생각해서 말이야. 그리고 차 안에 있어서 별로 춥지도 않았어."

밖에는 찬바람이 불고 있었지만 히터를 켜놓은 차 안은 아주 따뜻했다. 그리고 기다린 시간도 겨우 10분 정도에 불과했다. 그 짧은 시간도 스마트폰이 있어서 전혀 심심하지 않았다.

"춥다. 들어가자."

"네, 오빠."

규현은 차 문을 열고 운전석에 탑승했다. 지은이 조수석에 탑승한 것을 확인한 그는 예식장을 향해 차를 몰았다. 30분 정도를 이동한 끝에 예식장 주차장에 도착할 수 있었다. 딱 한 자리가 남아 있었기 때문에 규현은 초인적인 운전 실력을 발휘하여 신속하게 마지막 남은 주차 공간에 차를 주차했다.

"누가 물어보면 여자 친구라 해."

그냥 친구보다는 여자 친구라고 소개하는 게 나을 것 같았다. 그냥 친구라고 한다면 아무런 접점이 없는 지은을 왜 굳이 데려왔냐고 눈치를 줄 수도 있었다.

"여, 여자 친구요?"

"싫으면 그냥 친구라고 해도 돼."

규현의 말에 지은은 화들짝 놀랐다. 그 모습을 본 규현은 씁쓸한 표정으로 말했다.

"저, 정말 그래도 되는 거예요?"

지은이 물었다. 하루만이라도 규현의 여자 친구가 되고 싶다고 생각했다. 그런데 오늘 그 꿈이 이루어지게 되었다.

집안에서 경영 교육을 받게 되면서 규현과 만날 시간이 없어졌다. 그리고 정말 오랜만에 여유가 생긴 일요일, 규현과 함께 있고 싶다는 이유만으로 얼굴에 철판을 깔고 결혼식을 따라왔다. 그런데 이런 행운이 찾아올 줄이야.

"그냥 친구라고 하면 왠지 눈치가 보일 것 같아서 말이야. 너는 내 친구들이랑 아무런 접점이 없잖아. 여자 친구라고 하면 그나마 나을 것 같아서. 혹시 불쾌해?"

"자, 잠깐만요."

예상하지 못한 일이었기 때문에 지은은 표정을 관리하기 힘들었다. 그래서 그녀는 규현에게서 몸을 돌려 침착하게 호흡을 고른 뒤 표정 관리에 들어갔다. 전력 질주를 한 것처럼 미친 듯이 뛰는 가슴을 진정시킨 그녀는 다시 규현을 향해 몸을 돌렸다.

"괜찮아요! 저는 괜찮아요! 어서 들어가요, 오빠!"

그렇게 말하며 지은은 규현의 손을 잡았다.

"자, 잠깐만."

갑자기 지은이 손을 잡자 당황한 규현이 재빨리 손을 뺐다. 지은만큼은 아니지만 규현의 심장도 조금씩 뛰기 시작했다. 친해진 이후 가벼운 스킨십은 있었지만 방금처럼 서로의 손을 꼬옥 잡은 적은 없었다.

"갑자기 손은 왜……?"

지은이 자신의 손을 잡자 규현은 당황해서 물었다. 그녀는 당황한 기색이 역력한 규현을 보며 입을 열었다.

"애인이면 손을 잡는 게 자연스럽지 않을까요? 혹시 오빠, 싫으세요?"

지은은 조금 걱정스러운 목소리로 물었다. 하루 동안 여자 친구가 되어도 좋다는 규현의 말에 들떠서 자신도 모르게 손을 잡긴 했지만 혹시 규현이 싫어할까 걱정하고 있었다.

"조금 놀랐지만 괜찮아. 손잡고 들어가자."

규현이 손을 잡아도 좋다고 최종적으로 허락하자 지은은 한눈에 보기에도 행복해 보이는 환한 미소를 지으며 규현을 예식장 안으로 이끌었다. 하지만 일단 규현을 건물 안으로 데리고 오긴 했는데 어디서 결혼식이 열리는지 지은은 몰랐기 때문에 규현이 길을 찾아야만 했다.

"분명 루비 홀이라고 했으니까……."

규현은 청첩장 내용을 확인했다. 그리고 승강기 옆에 붙어 있는 안내판을 보고 루비 홀이 3층이라는 것을 알아냈다.

"3층이에요?"

규현은 고개를 끄덕이며 지은과 함께 승강기에 탑승하고 3층을 눌렀다. 이윽고, 승강기가 3층에 도착하자 내린 그들은 루비 홀로 발걸음을 옮겼다. 이미 수많은 하객이 모여 있었다. 시간을 확인해 보니, 결혼식 시작까지 얼마 남지 않았다. 규현은 옷 매무새를 정돈하고는 지은과 함께 홀로 발걸음을 옮긴 지 얼마 지나지 않아서 익숙한 얼굴을 볼 수 있었다.

"어이, 강경석!"

"누구였더라? 아! 규현이 맞지?"

서로의 이름을 부르며 확인 작업을 마친 두 사람은 반갑게 웃으며 가볍게 악수를 했다. 비록 학창 시절에 절친했던 사이는 아니었지만 오랜만에 만나니까 반가웠다.

"옆에는 누구였지? 기억이 잘 나지 않네."

규현의 손을 잡고 있는 지은의 모습을 본 경석은 그녀를 자세히 살폈지만 누구인지 기억해 내지 못했다. 당연할 수밖에 없다. 그녀는 경석, 그리고 규현과 같은 고등학교를 다니지 않았으니까.

"여자 친구야. 따라오고 싶다고 해서 데려왔는데, 괜찮지?"

규현의 물음에 경석은 고개를 끄덕였다. 두 사람은 서로의 근황에 대해 대충 주고받은 뒤 결혼식장 안으로 들어갔다. 규현과 지은은 적당한 자리에 앉았다. 그리고 얼마 지나지 않아서 사회자가 곧 결혼식이 곧 시작될 것이라는 사실을 알렸다.

"정말 기대돼요."

지은이 두 눈을 반짝였다. 결혼식을 처음 오는 것은 아니었다. 오히려 평범한 사람에 비하면 많이 참석했다고 볼 수 있었다. 하지만 대부분 부모님을 따라서 사교의 연장선에서 참석한 것이 대부분이었다. 스스로의 의지로 참석한 것은 이번이 거의 처음이었다.

"곧 시작하겠다."

규현의 말에 지은은 고개를 끄덕였다. 규현은 정면을 보고 있었고 지은은 그런 그의 옆모습을 힐끔거렸다. 그리고 무엇이 좋은지 계속 입가에 미소를 그리고 지우기를 반복했다. 그러는 사이 사회자가 개식을 선언했다.

"화촉 점화가 있겠습니다."

사회자가 차분한 목소리로 화촉 점화 순서가 다가온 것을 알리자 양가 어머니들이 촛불에 불을 밝혔다. 그리고 신랑이 입장했다.

"다음은 신부 입장이 있겠습니다."

사회자가 신부 입장을 알리자 음악과 함께 신부가 자신의 아버지의 손을 잡고 천천히 발걸음을 옮겼다. 신랑은 신부를 맞이하기 위해 단상에서 내려왔고 신부의 아버지는 신부의 손을 신랑에게 전했다. 그리고 두 사람은 함께 다시 단상 위로 올라갔다.

신부가 신랑의 손을 잡는 순간 그 광경을 지켜보고 있던 지은의 눈이 반짝였다. 심장이 뛰었다. 잠시 규현의 손을 놓고 있었지만 그녀는 자신도 모르게 옆에 있는 그의 손을 잡았다. 규현은 그녀의 옆모습을 살짝 힐끗거릴 뿐 아무 말도 하지 않았다.

사회자의 안내에 따라 두 사람은 서로에게 허리를 숙여 인사를 했다. 그리고 결혼 서약 및 성혼 서약문을 낭독하기 시작했다. 주례가 주례사를 읊고 이름은 기억나지 않지만 고등학교 동창으로 기억하는 친구가 축가를 불렀다.

"양가 부모님 인사가 있겠습니다."

축가가 끝나자 사회자의 안내에 따라 신랑과 신부의, 양가 부모님이 서로를 향해 인사했다. 그리고 하객들에게 인사하는 등의 차례가 지나가자 신부가 부케를 던졌다.

피로연에 참석할 사람들은 피로연 장소로 이동했다. 규현도 피로연에 참석할 생각이었기 때문에 지은과 함께 피로연 장소로 이동했다. 피로연 장소는 호프집이었고, 20명을 조금 넘는 수의 사람이 참석했다.

"오빠, 어디에 앉을까요?"

"저기에 앉는 게 좋겠다."

지은의 물음에 규현은 시끄럽고 혼잡한 신부와 신랑 주변에서 조금 떨어진 한적한 테이블을 가리켰다. 여전히 두 사람은 손을 잡고 있었다. 누가 봐도 서로를 많이 사랑하는 연인으로 보였다. 테이블에 앉으면서 규현이 자연스럽게 손을 뺏다. 지은은 살짝 아쉬웠지만 규현의 손을 다시 잡지는 않았다.

"여기 있었어?"

익숙한 목소리가 들렸다. 목소리가 들리는 방향으로 고개를 돌리니 초췌한 얼굴의 현석이 서 있었다.

"조금 늦었네? 어서 와서 앉아."

규현의 말에 현석은 힘없이 걸어와 규현의 앞에 앉았다. 그가 앉기 무섭게 안주와 맥주가 나왔고 그는 소시지를 집어 먹으며 입을 열었다.

"결혼식 보면 수지가 생각날 것 같아서 말이야. 그냥 경석이 얼굴만 보려고 피로연만 온 거야."

"아, 그렇구나."

규현은 고개를 끄덕였다. 한때 현석은 여자 친구였던 수지와 결혼을 생각했을 정도로 그녀를 각별하게 생각했었다. 아마도 그의 말대로 경석과 지윤의 결혼식을 봤더라면 수지에 대한 기억을 더 떠올릴 수밖에 없었을 것이다.

피로연에서 두 부부가 알콩달콩한 모습을 보이는 것만 봐도 수지에 대한 기억이 떠오르겠지만 그래도 현석은 경석과 친한 편이었기 때문에 피로연까지 참석하지 않는 것은 마음에 걸렸던 모양이었다.

"그런데 옆에는 누구더라? 기억에 없는데……."

"아……."

"규현 오빠의 여자 친구예요!"

규현이 뭐라 말하기 전에 그녀가 먼저 선수를 쳤다. 이왕 여자 친구라고 밀고나가기로 한 거, 계속 밀고 갈 생각이었기 때문에 규현도 친한 현석에게조차 사실을 밝히지 않았다.

"그렇군. 그리고 규현아, 정말 미안한데, 나 석현이한테 그거 말해 버렸어."

현석이 고백했지만 규현은 입가에 미소를 그리며 별일 아니라는 듯이 입을 연다.

"별일 없었으니까 괜찮아."

규현은 그를 용서했지만 현석은 쉽게 입을 열지 못했다. 정말 미안한 것 같았다.

"소설가 여기 있었네?"

한데 누군가 옆에서 규현의 고등학교 시절 별명을 부르며 다가왔다. 한 쌍의 남녀였는데, 규현은 그들이 누군지 금방 기억할 수 있었다.

"표진용……."

규현은 그들을 보자마자 눈살을 찌푸렸다. 진용은 고등학교 시절, 석현과는 다른 의미로 규현과 맞지 않았던 친구였다. 그는 흔히 말하는 일진이었다. 딱히 규현을 직접적으로 괴롭히진 않았지만 고등학교를 다닐 때 규현이 글 쓰는 모습을 보고 비웃고는 했다.

진용은 기분 나쁜 웃음을 흘리며 규현의 앞, 그리고 현석의 옆자리에 앉았다. 그리고 그를 따라 요란한 화장을 한 여자가 그의 옆에 앉았다. 그녀는 규현이 모르는 얼굴이었다. 아마도 진용의 여자 친구로 보였다.

그녀는 화장을 엄청 진하게 했지만 연하고 자연스럽게 화장한 지은에 비해 여러 가지로 매력이 떨어졌다. 그녀도 그 사실을 인식한 것인지 지은을 보며 눈살을 살짝 찌푸렸다. 자기보다 예쁜 여자가 같은 테이블에 있는 게 마음에 들지 않는 것 같았다.

"모두 인사해. 내 여자 친구야. 이선영이라고 해."

"안녕하세요."

진용이 모두에게 선영을 소개했다. 선영은 고개를 살짝 숙이는 것으로 간단하게 인사를 했다.

"현석아! 너 요즘 뭐 하냐?"

살짝 취기가 오른 진용이 현석의 어깨에 팔을 얹으며 물었다. 현석은 맥주잔을 놓으며 입을 열었다.

"백수야."

"그래? 규현이 너는 뭐 하냐 요즘? 설마 아직도 글 쓰는 거야?"

진용이 두 눈을 빛내며 규현에게 질문했다. 아마 그렇게 질문하면서도 규현의 대답은 어느 정도 예상하고 있었을 것이다. 규현은 맥주를 한 모금 마신 뒤, 차분하게 입을 열었다.

"계속 글 쓰고 있지. 다른 작가들 키우는 사업도 하고 있고."

규현의 말에 진용은 미소를 그렸다.

"뭐, 별거 없네. 나는 이번에 대한전자에 인턴으로 들어갔어. 마케팅팀이야."

"대한전자에 들어갔다고?"

진용의 말에 현석이 놀랐다. 대한전자는 대기업이고 연봉도 엄청나기 때문에 들어가는 게 정말 힘들었다. 정직원은 아니었지만 인턴으로 들어간 것만 해도 대단하다고 볼 수 있었다.

"그래. 그 들어가기 힘들다는 대한전자다."

현석의 말에 자신감이 더욱 높아진 것인지 그는 어깨에 힘을 잔뜩 주었다.

"규현아, 너도 글만 쓰지 말고 돈을 벌어라. 너도 대학교 졸업했으니, 취업은 해야 하지 않겠니?"

대놓고 무시하는 태도. 예전이었다면 당장 통장 잔액을 보여주며 날뛰었겠지만 지금은 귀찮아서 그럴 힘도 없었다. 규현의 눈에 진용은 그럴 가치가 없는 애송이로 보였다.

"잠시 나 화장실 좀 다녀올게."

한참 대화하던 중에 진용은 화장실에 다녀온다고 말하며 자리에서 일어났다. 그 순간 지은이 두 눈을 반짝이며 자리에서 일어났다.

"저도 잠시 실례할게요."

살짝 눈웃음을 치며 그녀는 화장실로 향했다. 그리고 화장실 앞에서 기다렸다. 진용이 나올 때까지.

볼일을 끝낸 진용이 화장실에서 나오자 그녀는 두 눈을 날카롭게 빛내며 진용의 앞을 막았다.

"뭐야?"

처음 보는 사람에게 대뜸 반말이 나오는 진용의 모습에 지은은 그의 인성을 대충 짐작할 수 있었다. 그녀는 말없이 그에게 조용히 명함을 꺼내 건넸다.

"대한전자 인사 3팀… 차장……?"

지은에게서 받은 명함을 확인한 진용은 크게 당황했다. 명함에는 '대한전자 인사 3팀 팀장 이지은 차장'이라고 선명하게 적혀 있었다. 진용은 당황한 기색이 역력한 표정으로 자신을 싸늘한 시선으로 보고 있는 지은과 명함을 번갈아 보았다.

"우리 회사는 인사고과에 개인의 인성이 상당히 크게 적용되는 거 아시죠?"

지은은 최근 학교엔 취업했다고 말을 하고 경영 수업도 받으면서 업무에도 익숙해질 겸 대한 그룹에서 일을 배우고 있었다.

그리고 마침 지금 그녀가 일하는 곳은 인사부였다.

"그, 그렇지만 여기가 회사도 아니지 않습니까?"

진용은 자신이 할 수 있는 최대한의 예의를 담아 말했다. 그도 입사한 지 얼마 되지는 않았지만, 눈이 있고 귀가 있어서 보고 들은 게 있었다.

인사 3팀은 인사부에서 신설된 팀이었다. 진용은 대한 그룹의 회장 이태식의 차녀가 지휘하고 있다는 소문을 회사에서 들은 적이 있었다.

"분명 이곳이 회사는 아니지만, 사람의 성격은 쉽게 변하지 않는 법이죠."

지은은 두 눈을 가늘게 뜨고 진용을 보며 말했다.

진용은 그 말에 반박하고 싶었지만 그녀의 기세에 압도당해 쉽게 입을 열지 못했다.

상대는 회장의 딸이었고, 진용은 정직원이 아닌 인턴이었다.

대한 그룹의 인턴은 정직원 전환율이 매우 높은 편이었지만 회장의 딸이며 인사 3팀장을 맡고 있는 지은이 압박을 가한다면 힘없이 잘려 버릴 것이다. 명함을 든 진용의 손이 떨렸다. 지은의 앞에서, 남자 친구로 보이는 규현을 신나게 비꼬았으니 기분이 좋지 않을 것이 분명하다.

"죄, 죄송합니다."

"사과는 오빠한테 가서 하세요."

지은은 그 말을 남기고 규현의 옆으로 돌아갔다. 지은이 의자에 앉고 얼마 지나지 않아서 진용이 새하얗게 질린 얼굴로 돌아왔다. 그리고 규현의 눈치를 살폈다.

"우리나라에서 작가들 굶어 죽기 딱 좋지 않아요? 아, 그 전에 작가는 맞아요? 그냥 글만 쓰는 지망생 아니에요?"

"그만해."

선영이 자신을 따라서 규현을 무시하는 듯한 태도를 보이자 진용은 깜짝 놀라며 그녀를 말렸다. 그녀는 이유를 묻는 듯한 얼굴로 진용을 보며 입술을 살짝 달싹여 '왜?'라는 입모양을 만들었다.

사실 두 사람은 멀리서 규현을 본 순간부터 그를 놀리려고 작당을 한 상태였다. 그래서 선영은 충실하게 그 임무를 수행하고 있었다.

"하지 말라면 하지 마."

그는 단호하게 말한 뒤 규현을 보며 입을 열었다.

"규현아, 무시해서 진심으로 미안했다. 오늘 바빠서 먼저 일어나 볼게."

그렇게 말하며 진용은 어리둥절한 표정을 짓고 있는 선영을 데리고 피로연이 열리고 있는 호프집을 서둘러 벗어났다.

"싱겁게 그냥 가버리네."

규현은 무심하게 말하며 맥주잔을 입가로 가져갔다. 진용과 선영이 중간에 이탈했지만 다른 하객들은 대부분 피로연을 끝까지 즐겼다. 그리고 마침내 피로연이 끝나자 적당하게 취한 하객들은 아쉬움을 뒤로 한 채 서로에게 작별을 고했다.

"잘 가."

"오늘 너무 즐거웠어요, 오빠!"

규현과 지은 또한 마찬가지였다.

규현은 대리 운전기사를 불러 근처 지하철역까지 그녀를 데려다주었다.

그리고 차에서 내려 그녀가 지하철 안으로 들어가는 모습을 확인하고는 다시 차에 탑승했다.

*   *   *

지은은 가벼운 발걸음으로 지하철역의 다른 출입구로 나왔다.

멀지 않은 곳에서 그녀의 운전기사인 정재가 단정한 차림으로 고급 세단에 살짝 몸을 기댄 채 캔 커피를 마시고 있었다. 그는 지은을 발견하고 조용히 차 문을 열었다.

　"아가씨, 오셨습니까?"

　정재는 고개를 살짝 숙였다.

　"추운데 고생하셨어요."

　지은이 뒷좌석에 탑승하며 말했다. 이미 시동은 걸려 있었고 히터도 틀었기 때문에 차 안은 따뜻했다.

　"계속 차 안에 있어서 괜찮습니다."

　그렇게 대답하며 정재는 운전석에 탑승했다.

　"기분이 좋으신 것 같습니다."

　"네. 오늘 정말 행복했거든요."

　지은은 그렇게 대답하며 오늘 있었던 일들을 하나씩 떠올려 보았다.

　그러면서 행복한 미소를 짓는 그녀를 룸미러로 슬쩍 보며 정재는 입을 연다.

　"오늘 즐거우셨나요?"

　정재가 물었다. 그는 규현을 향한 지은의 마음을 어렴풋이 알고 있었다.

　어디까지나 짐작이었지만 그녀도 부정하지 않았기 때문에 사실상 확신하고 있었다.

"정말 즐거웠어요. 이만 집으로 돌아가죠. 아버지 오시기 전에."

그녀의 말에 정재의 표정이 어두워졌다.

"아가씨, 실은 회장님께선 이미 퇴근하셨다고 하십니다."

정재의 말에 지은의 얼굴 표정이 급격하게 어두워지고 동공이 지진이라도 난 것처럼 흔들렸다. 하지만 곧 침착함을 되찾고 차분하게 입을 연다.

"일단 집으로 가요."

"예, 알겠습니다."

정재는 대답과 함께 페달을 밟았다. 지은이 탄 차는 평소보다 빠른 속도로 저택으로 향했다. 약 30분 정도가 흐르고 정재는 그녀를 저택 앞에 내려주고 차를 주차하기 위해 차고를 향해 차를 몰았다.

안으로 들어서자 서재에 불빛이 밝게 켜져 있는 것을 본 그녀는 한숨을 내뱉으며 조심스럽게 저택 안으로 들어갔다.

"회장님, 아가씨 오셨습니다."

지은이 들어오는 것을 본 집사가 서재에 있는 태식을 호출했다.

지은은 집사에게 원망스러운 시선을 보내다가 이내 거뒀다. 집사도 아마 태식의 지시를 받았을 것이다. 그것을 잘 알기 때문에 지은은 그를 원망하지 않았다.

"이제 오냐? 늦은 것 같은데."

2층에서 계단을 통해 내려오면서 태식이 말했다.

"친구 결혼식에 갔다 왔어요."

"친구? 어떤 친구?"

태식의 물음에 지은은 그의 시선을 살짝 피하며 입을 연다.

"아버진 말해도 모르는 친구예요."

지은의 말에 태식은 눈살을 찌푸렸다. 그가 손짓을 하자 집사가 찬 물이 담긴 컵을 가져왔다. 태식은 그것을 말없이 마신 뒤 거실로 발걸음을 옮겼다.

"따라와라."

엄중한 목소리에 지은은 굳은 얼굴로 태식의 뒤를 따라 거실로 발걸음을 옮겼다. 태식이 먼저 소파에 앉자 지은도 소파에 앉았다.

"내가 모르는 친구라고 했지?"

"네."

태식의 말에 지은은 고개를 끄덕였다. 태식이 입을 연다.

"나는 너와 주로 어울리는 재벌가 자제들을 다 알고 있다. 그런데 내가 모르는 친구라……. 그렇다면 그게 무엇을 뜻하는지 알고 있는 것이냐?"

태식의 말에 지은이 이를 살짝 악물었다. 그가 무슨 뜻으로 말한 것인지 대충 짐작이 갔기 때문이다.

"여러 사람을 사귀는 것은 중요하지. 하지만 그게 오늘 네가 회사를 뛰쳐나가면서까지 참석해야 할 정도로 중요한 사람의 결혼식이었니?"

"아니요."

"가능하면 회사는 빠지지 마라. 지휘관이 허술한 모습을 보이면 그 지휘관이 지휘하는 부대 전체가 저평가받는다. 명심해라."

태식은 대한 그룹의 회장이었다. 그는 사교계에 진출한 지은의 친구들은 모두 알고 있었다. 장녀인 지혜는 적당히 친구들을 가려 사귀었지만 지은은 누구와도 친해졌다. 대기업의 회장으로서 그런 점은 장점이 될 수도 있기 때문에 가만히 있었지만 오늘 지은은 실수를 저지르고 말았다.

할 일을 내버려 두고 회사를 이탈한 것이었다.

그녀는 지금 태식의 방침에 따라 적당한 직위를 부여받아 회사의 경영과 전반적인 업무를 배우고 있었다. 아직 배우는 단계인 만큼 모범적이지 않은 행동을 보이면 구설수에 오르기 쉽고 그렇게 되면 후계가 위태로워진다.

"너는 대한 그룹의 후계자다. 그것을 잊지 말고 행동해라."

태식은 그녀의 위치를 다시 한번 강조했다. 개인적으로 그는 장녀 이지혜가 아닌 차녀 이지은이 후에 대한 그룹을 이끌기를 바라고 있었다.

지혜는 경영에 재능을 보이고 있었지만 성격이 너무 차가웠다. 사람을 이끌기엔 조금 아쉬운 성격이었다.

그에 비해 지은은 지혜에 비해 재능은 부족했지만 아래 사람들을 살필 줄 알았다.

경영에 대한 재능도 지혜가 너무 빛나서 그렇지 지은의 재능도 나쁘지 않았다.

"아비가 믿어도 되겠지?"

"네."

지은이 대답이 없자 그는 다시 한번 강조하듯 물었다. 그제야 지은은 고개를 끄덕이며 대답했다.

그러자 굳었던 태식의 표정이 풀어졌다. 그는 고개를 끄덕이며 입을 열었다.

"이만 올라가 봐라."

"예. 아버지."

지은은 차분한 목소리로 대답한 뒤 소파에서 일어나 계단으로 발걸음을 옮겼다.

그리고 자신의 방이 있는 3층으로 올라가는 도중에, 지혜와 마주쳤다.

"오늘 회사 빠졌다며?"

"상무님에게 쉰다고 제대로 말했어."

지은은 변명했지만 지혜는 고개를 살짝 돌려 우습다는 듯

입꼬리를 끌어 올리며 팔짱을 꼈다.

"너, 제대로 인식하지 못한 것 같은데, 대한 그룹 회장님의 차녀야. 그런 네가 쉬고 싶다고 정중히 부탁하는데, 상무가 미쳤다고 안 된다면서 결사반대하겠어?"

"올라갈게."

지은은 고개를 저으며 지혜의 옆을 지나치는 순간이었다. 지혜는 그녀를 향해 고개를 돌리며 입을 열었다.

"너 요즘 남자 만나니?"

"무, 무슨 소리야?"

지혜의 말에 지은은 크게 당황했다. 당황하는 기색을 숨기려고 했지만 이미 늦고 말았다. 그녀가 당황하는 모습을 지혜가 이미 보고 말았으니 말이다. 지혜는 입꼬리를 끌어 올리며 입을 열었다.

"역시 사실인가 보네. 화장은 거의 하지 않던 애가 연하게 화장을 시작하더니, 역시 남자가 생긴 거였어."

지은은 얼굴도 하얗고 깨끗했기 때문에 화장을 하지 않아도 예뻤다.

그리고 재벌 3세답지 않게 수수하고 외모를 크게 신경 쓰지 않는 성격이었기 때문에 화장도 하지 않거나 아주 연하게 하고 다녔다.

얼마 전부터 그랬던 지은이 자주 하지 않았던 화장을 연하게나마 거의 매일 하는 것을 보고 지혜는 지은이 남자가 생겼을지도 모른다고 짐작했다.

"그런 거 아냐."

지은은 눈살을 찌푸린 채 그녀를 무시하고 3층으로 올라갔다.

멀어지는 지은의 뒷모습을 보며 지혜가 의미를 알 수 없는 묘한 표정으로 입을 열었다.

"다음에 한번 데리고 와~"

26장

GE 게임즈

"이상하네……."

사무실의 의자에 앉아 창밖을 보며 규현은 혼잣말을 중얼거렸다.

탕비실의 냉장고에서 피로회복제를 가지고 나오는 칠흑팔검이 규현의 혼잣말을 듣고 두 눈을 반짝였다.

"뭐가 이상하세요?"

"슬슬 강영호 신인문학상 문집이 올 때가 된 것 같아서 말이에요."

강영호 신인문학상 당선작들이 게재된 문집이 도착할 때가 되었는데 아직 오지 않았다.

"아직 오지 않았어요?"

"네."

칠흑팔검의 물음에 규현은 고개를 끄덕이며 대답했다.

당선되었을 때 분명 협회 관계자는 문집이 발송되면 기념으로 몇 부 준다고 했었다. 그래서 기다리고 있었는데 소식이 없었다.

"저는 대표님이 받으셨을 줄 알았는데……. 이미 신인문학상 당선작이 실린 문집은 발간되었거든요."

"네?"

"인터넷에 한번 확인해 보세요."

칠흑팔검의 말에 규현은 작업하고 있던 원고를 잠시 최소한 뒤 인터넷에 들어갔다. 그리고 강영호 신인문학상과 관련된 문집에 대해 검색했다. 칠흑팔검의 말대로 문집은 이미 출간된 뒤였다.

'하아?'

규현은 한숨을 내뱉으며 인상을 썼다.

문집의 출간 날짜를 확인하니, 이미 협회에서 문집을 보냈으면 도착하고도 남을 시간이었다.

뭔가 이상한 점을 느낀 규현은 서둘러 코트를 입고 외출 준비를 서둘렀다.

"어디 가세요? 오빠?"

규현이 외출 준비를 서두르는 모습을 본 현지가 조심스럽게 물었다.

"잠깐 서점 좀 다녀올게."

규현은 현지의 질문에 대충 대답하고는 사무실을 나섰다. 마침 주변에 제법 큰 규모의 서점이 하나 있었다. 걸어서 얼마 걸리지 않는 거리였기 때문에 차를 탈 필요도 없이 규현은 서둘러 발걸음을 옮겼다.

서점에 도착한 규현은 도서 정보 검색대를 이용해서 문집에 대한 정보를 검색했다.

규모가 큰 서점이었고 강영호 신인문학상과 관련된 문집은 제법 팔리는 편이었기 때문에 여러 권을 서점에서 보관 중이었다.

"찾았다."

강영호 신인문학상과 관련된 문집을 찾은 규현은 서둘러 집어 들었다.

랩핑이 되어 있지 않았기 때문에 구입하지 않고도 바로 읽을 수 있었다.

문집을 펼친 규현은 차례를 살폈지만 자신의 이름과 작품을 찾을 수 없었다.

'없어?'

규현은 눈살을 찌푸렸다.

이번에는 페이지를 빠르게 넘겨 문집 전체를 살폈지만 없었다. 그는 문집을 원래 있던 곳에 꽂아두고 서둘러 서점에서 나왔다. 그리고 스마트폰을 꺼냈다. 협회 관계자에게 전화해 볼 생각이었다. 그의 전화번호는 이미 연락처에 저장되어 있었다.

―여보세요?

통화 버튼을 누르고 얼마 지나지 않아서 협회 관계자가 전화를 받았다.

"정규현입니다. 제 작품이 26회 문집에 실려 있지 않은데, 어떻게 된 일인지 알 수 있겠습니까?"

규현은 침착하게 본론을 꺼냈다. 스마트폰 너머에서 한숨 소리가 들려오는 듯하다.

―정규현 '씨'의 작품이 문집에 실리지 않은 이유는 당선이 취소되었기 때문입니다.

"당선 취소요?"

규현은 깜짝 놀랐다. 이해가 가지 않았다.

시상식에서 상패까지 받았는데, 갑자기 당선 취소라니 어이가 없고 황당했다.

―예, 그렇습니다. 저는 더 이상 해드릴 말이 없으니, 이만 전화를 끊겠습니다.

협회 관계자는 차가운 목소리로 말하며 전화를 끊었다. 규현은 그에게 다시 전화를 걸어 보았지만 끝내 협회 관계자는 규현의 전화를 받지 않았다. 규현은 자포자기한 심정이 되어 마지막으로 한 번만 더 문집을 확인해 보기 위해 서점으로 들어갔다.

그리고 문집을 다시 한번 확인한 규현은 너무 놀라서 문집을 놓치고 말았다.

문집에는 있어서는 안 될 이름과 작품이 있었다. 시상식 때 상을 받지 못한 석현의 이름과 작품이 문집에 실려 있었던 것이다.

*   *   *

차가운 냉기가 가득하고 살얼음판과 같은 긴장감이 감도는 사무실의 문이 열리고 지은이 들어왔다.

"안녕하세요!"

그녀는 규현의 저기압으로 인한 달라진 사무실의 분위기를 바로 알아채지 못하고 밝은 목소리로 인사했다. 그녀에게서 뿜어져 나오는 밝은 에너지가 얼어붙은 사무실을 잠시나마 녹여주는 듯했지만 착각에 불과했다.

"지, 지은 씨 오셨어요?"

그나마 출입구에 가까운 자리에 앉아 있어서 규현이 내뿜는 냉기에 영향을 덜 받고 있던 편집자 석규가 인사를 했다.

"석규 씨, 무슨 일 있어요?"

"대표님 당선이 취소되셨다는 것 같아요."

지은의 질문에 석규는 주변의 눈치를 살피다 아주 작은 목소리로 대답했다.

너무 작은 목소리라서 바로 옆에 있어도 듣기 힘들 정도였지만 지은은 확실하게 들을 수 있었다.

"…오빠, 저 다음에 다시 올게요."

지은은 딱딱하게 굳은 얼굴로 말하며 사무실을 나왔다. 규현은 다른 생각을 하느라, 지은이 왔다 간 사실도 모르고 있었다.

사무실을 나온 그녀는 금진 빌딩을 나오며, 아버지인 태식이 자신에게 붙여준 비서 이주혜에게 전화를 걸었다.

대한전자 비서실 소속인 그녀는 태식이 지은에게 붙여준 비서였다. 지은은 대한 그룹 차녀답게 여러 업무를 맡았는데 주혜는 지은이 하는 모든 일을 보조하는 임무를 가지고 있었다.

─여보세요.

전화를 걸고 얼마 지나지 않아서 주혜가 전화를 받았다.

지은은 딱딱하게 굳은 얼굴로 입을 연다.

"이 비서? 대한문화재단 관련으로 전화했어요."

대한 그룹 회장 이태식이 지은에게 맡긴 일 중 하나는 대한문화재단의 관리였다.

대한문화재단은 한국의 여러 문화 사업에 투자하고 후원하는 재단이었고, 그쪽에 관심이 많은 지은은 그 관리를 제법 잘해왔다.

—재단 관련이요?

"네. 지금 저희 재단에서 한국문학인협회를 후원하고 있죠?"

—예. 그렇습니다.

지은의 물음에 주혜가 대답했다. 지은의 두 눈이 날카롭게 빛났다.

"한국문학인협회에 대한 모든 지원을 지금 당장 중단하세요."

*　　　　*　　　　*

"잘 생각하셨습니다, 회장님. 덕분에 한국 문단이 오염될 일을 피하게 되었습니다."

흰머리가 지긋한 용현이 찻잔을 들어 올리며 말했다. 한국문학인협회 이사인 그는 석현의 고자질로 규현이 장르문학 작가라는 것을 뒤늦게 알게 되었다.

규현의 글솜씨를 보고 감탄했었지만 그가 장르문학 작가라는 것을 석현에 의해 알게 되고나서부터 그의 문단 진출을 막아야겠다고 생각했다. 그래서 그는 한국문학인협회장 지성주를 만나 규현의 당선 취소를 요청했고, 그것은 받아들여졌다.

당선을 취소시키려면 이유가 필요했기 때문에 성주는 순수문학에 갓 입문한 규현의 작품은 누군가의 작품을 표절했을 확률이 매우 높다는 이유를 내세워 당선을 취소했고 이 사실을 규현에게 통보하지도 않았다.

"당연히 해야 할 일을 했을 뿐입니다. 문단의 등대와도 같은 저희 협회에서 장르나 쓰는 글쟁이를 등단시킬 수는 없는 노릇이지 않습니까."

"옳으신 말씀이십니다."

성주의 말에 용현은 고개를 끄덕였다. 두 사람 모두 명예를 포기하고 돈만을 추구한다는 이유에서 장르문학 작가들을 극도로 혐오하고 있었다.

"이사님이 아니었다면 전혀 모를 뻔했습니다. 다시 한번 감사드립니다."

성주가 고개를 살짝 숙이자 용현을 손사래를 쳤다.

"아닙니다. 저도 석현 군이 말해서 뒤늦게 알았습니다."

용현도 석현이 말해주지 않았다면 몰랐을 것이다.

규현이 장르문학계에선 정말 유명했고, 최근 웹툰 기사 이야기가 엄청난 인기를 끌면서 일반인들에게도 많이 알려졌지만 한국문학인협회 관계자들은 대부분 장르문학과 웹툰 등에는 관심 자체가 없었기 때문에 모를 수밖에 없었다.

"그래서 석현 군이 시상식 때 그렇게 격렬한 반응을 보였던 것이군요."

성주는 규현이 상패를 받을 때 격렬하게 반응했던 석현의 모습을 떠올리며 말했다.

그의 말에 용현 역시도 그날의 일이 기억나 어색하게 웃었다.

"하하하, 석현 군의 추태는 그만 잊어주시지요."

"추태라니요? 지금 생각해 보면 석현 군은 정의로웠습니다. 문단을 위해 몸을 바친 것이지요."

"하하하."

성주의 말에 용현은 어색하게 웃었다. 석현을 칭찬해 주는 것이니 기분이 나쁘지는 않았다. 하지만 성주는 조금 과하게 오버하는 것 같았다.

"회장님! 큰일 났습니다!"

한참 두 사람이 화기애애한 분위기 속에서 대화를 나누고 있을 때, 협회 관계자 한 명이 다급하게 응접실 문을 열어젖히고 들어왔다.

"지금 내가 중요한 이야기를 나누고 있는 게 보이지 않는 건가?"

성주가 눈살을 찌푸리며 말했다.

협회 관계자는 창백한 얼굴로 거친 숨을 고르며 입을 열었다.

"죄송합니다. 그런데 정말 큰일이 터졌습니다!"

"일단 말해보도록 하게."

용현의 말에 협회 관계자는 대답 대신 서류 한 장을 꺼내 탁자 위에 올려놓았다.

"이게 뭔가?"

"방금 전에 팩스를 통해 도착한 서류입니다."

성주의 질문에 협회 관계자가 대답했다.

용현이 지켜보는 가운데, 성주는 서류를 들어 올렸다. 서류를 읽어 내려가는 그의 두 눈이 경악으로 물들었다. 용현은 호기심을 참지 못하고 입을 열었다.

"회장님, 무슨 내용입니까?"

"이사님도 대한문화재단에 대해서 알고 있지요?"

"당연히 알고 있지요. 가장 큰 후원처 아닙니까?"

한국문학인협회는 후원금과 회비로 운영된다.

회원 수가 많기는 하지만 회비를 내는 정회원의 수는 많지 않기 때문에 사실상 후원금으로 운영된다고 보는 게 옳았다.

그리고 가장 많은 후원금을 제공하는 곳이 대한문화재단이었다.

"대한문화재단에서 저희 협회에 대한 모든 지원을 끊겠다고 합니다. 한번 읽어보시지요."

성주에게서 서류를 건네받은 용현은 그것을 빠른 속도로 읽어 내려갔다.

그의 말대로 서류에는 한국문학인협회에 대한 후원을 중단하겠다는 내용이 적혀 있었다.

"도대체 갑자기 왜 이런다고 합니까?"

다 읽은 용현이 서류를 내려놓으며 물었다. 서류에는 후원을 중단한다는 내용만 적혀 있을 뿐 이유가 적혀 있지 않았다.

"저도 모르겠습니다."

"큰일이군요. 지금 상황에서 대한문화재단의 후원이 중단되면 버티기 힘듭니다."

대한문화재단의 후원금이 차지하는 양은 엄청나기 때문에 그들의 후원이 중단되면 한국문학인협회는 아주 큰 위기에 직면하게 된다.

"대한문화재단의 후원이 없었던 시절도 있잖습니까. 어떻게든 버틸 수 있지 않을까요?"

"3년 전과 지금은 많이 다릅니다. 회장님, 버티기 힘듭니다."

대한문화재단이 한국문학인협회를 후원하기 시작한 것은 약 3년 전부터였다.

그 전까지만 해도 한국문학인협회는 회비와 다른 곳의 후원금으로 그럭저럭 버티고 있었다. 하지만 대한문화재단이 엄청난 액수의 후원을 시작하자 그곳에 지나치게 의존하게 되었다.

"이미 협회는 대한문화재단 없이는 유지되기 힘든 상황입니다."

대한문화재단의 후원이 시작되면서 상당히 여유가 생긴 한국문학인협회는 여러 가지 일을 벌였다.

자금에 여유가 많이 생겼지만 그만큼 나가는 돈도 많아졌다.

하지만 그때까지만 해도 대한문화재단이 이렇게 갑자기 후원을 중단할 줄은 몰랐었다.

"으음."

용현의 날카로운 지적에 성주는 인상을 쓰며 차를 한 모금 마셨다.

오늘따라 차 맛이 쓴 것 같은 착각이 들었다.

"정말 아무런 말도 없었던 건가?"

성주가 직원을 보며 말했다.

성주는 물론이고, 용현도 대한문화재단에서 후원을 중단한 이유를 알 수 없었다.

성주의 질문을 받은 직원은 잠깐 동안 고민하더니, 이내 감을 잡았다는 표정으로 입을 열었다.

"그러고 보니, 제가 사실 확인을 위해 재단 관계자에게 전화를 걸었습니다."

"계속 말해보게."

"저도 워낙 혼란스러워서 제대로 듣지 못했지만 26회 강영호 신인문학상에 대해 언급했던 것 같습니다."

"강영호 신인문학상 말인가?"

"예."

직원의 말에 성주는 심각한 표정으로 생각에 잠겼다. 그는 눈치가 없는 편은 아니었다.

비록 장르문학 작가라고는 하지만 어쨌든 불공정하게 규현의 당선이 취소되자, 갑자기 대한문화재단에서 후원을 중단했다?

이건 결코 우연이라고 볼 수 없었다.

"왜 그러십니까?"

성주가 한참 동안 말이 없자 용현이 조심스럽게 물었다.

성주는 용현을 살짝 노려본 뒤 직원을 보며 결단을 내렸다.

"문집, 전부 회수할 거니까 준비해."

목요일의 마지막 강의를 들은 규현은 사무실에 출근하기 전에 집에 잠시 들렀다.

택배원이 규현에게 전화를 해서 1시간 안에 도착할 것이라고 말했기 때문이었다.

"빨리 이사를 가든지 해야겠군."

규현은 혼잣말을 중얼거리며 집을 향해 차를 몰았다. 얼마 지나지 않아서 1층 주차장에 도착한 규현은 차를 주차하고 자신의 원룸으로 올라갔다.

현관문을 열자마자 보이는 좁은 공간을 보며 규현은 이사를 가야겠다고 다시 한번 생각하며 신발을 벗고 안으로 들어갔다.

냉장고에서 시원한 물을 꺼내 한 모금 마시고 있을 때, 누군가 문을 두드렸다.

문을 두드린 사람이 택배원이라는 것을 본능적으로 알아차린 그는 빛의 속도로 현관문을 향해 뛰어갔다.

그리고 현관문을 열었다.

"어라?"

문을 여니까 택배원은 어디 갔는지 찾아볼 수 없었고 바닥에 작은 택배 상자 하나만이 쓸쓸하게 자리를 지키고 있었다.

규현은 그것을 원룸 안으로 가지고 들어갔다.

'그러고 보니 택배 올 게 있었나?'

규현은 가끔 인터넷에서 물건은 주문하긴 했지만 최근에는 무언가를 주문한 적이 없었다.

그래서 택배 상자 안의 내용물이 무척 궁금했다. 그는 보낸 사람을 확인도 하지 않고 커터 칼로 상자를 봉인하고 있는 테이프를 잘랐다. 그리고 상자를 열자 세 권의 책이 모습을 드러냈다.

"문집?"

26회 강영호 신인문학상 문집이었다.

그것을 본 순간 규현은 화가 나서 집어 던질 뻔 했지만 혹시나 싶어서 문집을 꺼내 들고 펼쳤다.

그러자 서점에서 봤던 문집과는 다른 점을 확인할 수 있었다.

'내 작품이 있어?'

서점에서 보았던 문집에서는 규현의 작품이 없었고 그 자리를 석현의 작품이 대신 차지하고 있었다.

그런데 지금 택배로 도착한 문집은 반대였다. 석현의 작품을 찾아볼 수 없었고 대신 규현의 작품인 '흐린 날'이 있었다.

확실하게 알 수는 없었지만 규현의 눈이 잘못된 게 아니라면 문집을 새로 찍어낸 게 분명했다. 그가 협회 관계자에게 전화를 걸었을 때, 그는 분명 규현의 작품이 당선이 취소되었다고 했었다.

그런데 지금에 와서 갑자기 문집을 새로 찍어내면서까지 당선이 취소된 작품을 넣은 이유가 무엇일까?

규현은 두 눈을 가늘게 뜨고 깊은 생각에 빠졌지만 좀처럼 감을 잡을 수 없었다.

그가 한참 고민하고 있을 때 전화 벨소리가 울렸다. 규현은 스마트폰 화면을 확인했다.

전화를 건 사람은 한동안 그토록 전화를 걸었음에도 불구하고 전화를 받지 않았던 한국문학인협회 관계자였다.

"여보세요?"

마침 규현도 물어볼 게 있었기 때문에 전화를 받았다.

─정규현 작가님이시죠?

"예. 그렇습니다."

─문집은 잘 받으셨나요?

우체국 택배로 보냈기 때문에 규현이 수령했을 때 택배를 보낸 협회에 수령 확인 문자메시지가 도착했다. 그래서 협회 관계자는 규현이 문집을 수령하기 무섭게 전화를 걸어서 확인할 수 있었다.

"네. 일단 문집은 받았습니다. 그런데 저번에는 분명 저보고 당선이 취소됐다고 하셨는데, 오늘 확인해 보니까 문집에 제 작품이 실려 있네요? 서점에서 본 문집에도 제 작품이 실려 있지 않았는데 말이죠."

규현이 협회 관계자에게 물었다.

─아, 그게 저희 측의 착오였습니다.

규현의 질문에 협회 관계자는 쉽게 대답하기 곤란한 듯 1분 정도 말이 없다가 대답했다.

"무슨 착오였죠?"

─자세한 사정은 협회 내부 문제이기 때문에 저도 말씀드릴수가 없습니다. 죄송합니다. 또한 서점에 입고된 문집은 전량회수했기 때문에 문제없을 겁니다.

규현은 날카로운 질문을 던졌지만 협회 관계자는 쉽게 대답하지 않았다. 어느 정도 예상했기 때문에 규현은 더는 묻지 않았다.

─많이 놀라셨겠지만 이제 걱정하지 않으셔도 됩니다.

"다 해결된 겁니까?"

─네! 물론입니다. 전부 해결되었습니다.

협회 관계자는 자신만만한 목소리로 대답했다.

"알겠습니다. 더 하실 말씀이라도 있으신가요?"

―아, 없는 것 같습니다. 당선 축하드리고, 저희 측 실수 때문에 불편을 겪으셨다면 다시 한번 죄송하다고 말씀드리고 싶습니다. 협회 가입에 관련된 내용은 문자메시지로 따로 안내해 드리겠습니다.

"네, 알겠습니다."

규현은 전화를 끊고 사무실에 출근할 준비를 서둘렀다.

택배를 받았으니 사무실에 출근해서 글도 쓰고 다른 작가들의 작품 스토리를 교정해 줘야 했다.

그는 노트북이 가방에 제대로 들어 있는지 확인하면서 문집 한 권을 가방에 넣었다.

출근 준비를 끝낸 규현은 현관문을 잠그고 주차장을 향해 발걸음을 재촉했다.

신경 쓰였던 일 하나가 해결된 덕분에 계단을 내려가는 규현의 발걸음은 가벼웠다.

순식간에 주차장에 도착한 그는 차 운전석에 탑승하여 시동을 걸고 사무실을 향해 차를 몰았다.

얼마 지나지 않아서 사무실이 있는 금진 빌딩까지 도착할 수 있었다.

규현은 주차장에 차를 주차하고는 계단을 이용해 사무실이 있는 2층으로 올라갔다.

2층에 도착한 그는 거침 없이 사무실 문을 열고 안으로 들어갔다.

"안녕하세요."

사무실 안으로 걸어 들어오는 규현을 발견한 작가들과 직원들이 인사를 했다.

일어나서 허리를 숙이는 사람도 있었지만 자리에 앉아서 목례만 하는 사람도 있었다.

규현은 밝은 얼굴, 그리고 가벼운 걸음으로 자신의 자리를 찾아가 앉았다.

"대표님, 무슨 좋은 일 있으세요?"

규현이 가방에서 노트북을 꺼내고 있을 때 칠흑팔검이 걱정스러운 시선을 보내며 물었다.

최근 당선 취소로 인해 매일같이 어두운 표정으로 사무실에 출근하던 규현이 갑작스럽게 밝은 모습을 보이니, 그의 정신 건강이 심각하게 걱정되는 모양이었다.

"당선 취소 문제가 해결되었어요."

"정말입니까?"

조금 놀라는 듯한 모습을 보이는 칠흑팔검에게 규현은 말없이 26회 강영호 신인문학상 문집을 건넸다. 칠흑팔검은 페이지를 넘겨 규현의 작품을 찾아냈다.

"정말이네요. 축하드립니다!"

"축하드려요!"

"축하드려요, 대표님."

칠흑팔검을 시작으로 사무실 여기저기서 축하가 터져 나왔다.

규현은 입가에 희미한 미소를 머금은 채 칠흑팔검으로부터 문집을 받아 들었다.

"자아! 다들 일합시다!"

규현은 손뼉을 치는 것으로 사무실의 들뜬 분위기를 환기시키며 일에 집중할 것을 요청했다.

규현의 성공에 들떠 있던 작가들과 직원들은 다시 각자의 일에 열중하기 시작했고 규현도 기준이 보내준 기사 이야기 웹툰의 콘티를 검토했다.

콘티 검토가 끝나고 잠시 피로회복제를 마시며 휴식을 즐기고 있을 때, 벨소리가 울렸다.

규현은 주머니에서 스마트폰을 꺼내 화면을 확인했다. 전화를 건 사람은 파란책 기획팀장 조규태였다. 좋지 않게 끝났던 리디스 미디어, 그리고 판타지 제국과는 다르게 파란책과는 사이는 여전히 좋았다.

파란책의 기획팀장 조규태와는 기사 이야기 웹툰 콘티 문제도 있기 때문에 자주 연락을 주고받고 있었다.

마침 오늘은 기사 이야기 웹툰 콘티가 도착했기 때문에 규현은 당연히 기사 이야기 웹툰과 관련된 일이라고 생각하고 전화를 받았다.

"여보세요."

─작가님, 안녕하세요. 그동안 별일 없으셨습니까?"

규태의 말에 규현은 입가에 미소를 그렸다.

"며칠 전에도 통화하셨잖아요."

─그건 그렇지요, 하하하.

스마트폰 너머로 가벼운 웃음소리가 들려온다.

규현은 장난삼아 노트북 키보드를 검지로 툭툭 두드리며 입을 열었다.

"기사 이야기 웹툰 콘티 때문이라면 방금 전에 검토를 끝냈습니다. 변경 없이 이대로 가면 될 것 같네요. 제니아가 납치당하고 나서 파비앙이 느끼는 감정을 잘 살렸다고 생각합니다."

기사 이야기 웹툰은 이제 제니아가 납치당하고 파비앙이 황녀 세리아의 명령을 어기고 그녀를 구출하기 위해 왕국 연합 요새로 쳐들어가는 에피소드에 진입했다. 이 부분이 아주 중요한 에피소드였다.

기준이 그려준 콘티를 보면 그가 상당히 신경 썼다는 것을 알 수 있었다.

─그럼 작가님에게 그렇게 전달하겠습니다. 그리고 한 가지

더 드릴 말씀이 있습니다.

"네. 말씀하세요."

―GE 게임즈에서 기사 이야기를 모바일 게임으로 제작하고 싶다는 의사를 밝혔습니다.

"기사 이야기가 게임으로 만들어진다는 말씀이세요?"

―예. 그렇습니다.

규태의 대답에 규현은 만감이 교차하는 것을 느꼈다.

비록 모바일 게임이라고는 하지만 기사 이야기를 게임으로 만들고자 하는 회사가 있다니, 바라고는 있었지만 크게 기대하고 있지는 않았던 탓에 조금 놀랍기도 하고 기쁘기도 했다.

―일단 저번에도 말씀드렸다시피 저희 계약상 기사 이야기의 2차적 사용을 위해서는 작가님의 동의가 필요합니다.

규현의 동의가 없으면 다른 곳에서 아무리 2차적 사용을 하고 싶다고 요청해도 쓸 수 없었다.

그래서 그의 동의는 꼭 필요했기 때문에 규태는 조심스럽게 물었다.

"당연히 동의합니다."

거절할 이유가 없었다.

모바일 게임으로 만들어진다는 것은 기사 이야기가 더욱 유명해질 수 있다는 것을 의미했다.

이미 기사 이야기는 나이버 웹툰에서 연재되면서 유명세를 타기 시작했다.

최근 스마트폰의 보급으로 인해 뜨기 시작한 모바일 게임으로 기사 이야기가 만들어진다면 더욱 더 유명해질 수도 있었다.

거기다 GE 게임즈는 국내 게임 회사 중에서도 자금력도 튼튼하고 규모도 컸다.

—그렇다면 미팅 날짜를 잡겠습니다. GE 게임즈에선 언제든지 괜찮다고 합니다. 저도 물론이고요.

"그럼 지금 당장도 시간이 됩니까?"

굳이 시간을 끌 필요는 없다고 생각했기 때문에 규현은 지금 당장 만날 것을 제안했다.

—네? 네, 물론 가능합니다. 아마 GE 게임즈에서도 가능할 겁니다.

다행히 파란책에서는 시간이 되는 것 같았다.

GE 게임즈에는 연락을 해봐야 알 것 같았지만 규태가 말하는 것으로 보아 아마 시간이 꽤 있을 것이라고 생각되었다.

"그럼 얼마 전에 만났던 카페에서 뵙죠."

—일단 GE 게임즈 담당자에게 연락해 보겠습니다. 시간이 된다고 하면 바로 문자메시지를 보내 드리겠습니다.

"알겠습니다. 문자메시지를 확인하는 대로 출발하겠습니다."

―네, 감사합니다.

대화가 끝나고 규현은 전화 통화를 끝냈다.

스마트폰을 책상 위에 올려두고 노트북 키보드를 두드려 리턴 엠페러를 쓰기 시작한다.

파비앙이 거신병을 파괴할 수 있는 마력검을 배우는 중요한 장면이었다.

"기사 이야기를 게임으로 만들어요?"

마침 회의실에서 전화 통화를 끝내고 나오던 상현이 규현의 전화 통화 내용을 듣고 호기심 어린 눈빛으로 그를 보며 물었다.

"아직 확정된 건 아니고, 제안만 들어왔어."

"판타지 소설이 게임으로 만들어진 것은 김상균 작가님의 검은 용 기사단 이후 처음 아니에요? 어디서 게임화 제안했어요? 센터 게임즈는 아니겠죠?"

판타지 소설은 워낙 스케일이 큰 게 많다 보니, 한국에서 영화나 드라마로 만드는 게 쉽지 않았다.

그나마 가능한 게 게임이나 웹툰으로 만드는 것이었는데, 게임으로 제작하는 것 또한 제작비가 다른 소재에 비해 많이 들어가는 편이었다. 그래서 성공한다는 확신이 없으면 게임 회사들은 판타지 소설을 원작으로 게임을 만드는 것을 기피하는 편이었다.

"GE 게임즈에서 만들자고 하는군."

"GE 게임즈요? 거기 엄청 큰 게임 회사예요."

규현의 대답에 상현이 호들갑을 떨었다.

센터 게임즈가 국내 게임 업계의 태양이라면 GE 게임즈는 달이었다.

사실상 잘나가는 국내 게임의 대부분은 두 회사에서 만들어졌다고 해도 과언이 아니었다.

"와아! 형, 진짜 대단해요."

상현이 감탄했다.

규현은 그의 말에 대답하기 위해 입을 열려고 했지만 스마트폰이 문자메시지가 도착했다는 것을 알렸다.

규태에게서 온 문자메시지인 줄 알고 서둘러 스마트폰을 들어 올렸다.

[정규현 작가님. 협회 가입 절차에 관해 알려 드리겠습니다.]

규태가 보낸 문자메시지라고 생각했지만 한국문학인협회에서 보낸 협회 가입 절차에 대해 나와 있는 문자메시지였다. 중요한 정보는 모두 자기들이 가지고 있으니, 입회비와 회비만 입금하면 그 즉시 협회 정회원으로 입회가 가능하다고 적혀 있었다.

"오빠, 제국 방어기도 모바일 게임화 제안을 받았었는데, 그 거 신중해야 해요. 판타지 소설을 원작으로 해서 만든 게임이 거의 없기도 하지만 요즘 모바일 게임 절반 이상이 성적이 별로 좋지 않을 걸로 알고 있어요. 잘못하면 기사 이야기의 명성에 악영향을 끼칠 수도 있지 않을까요?"

현지가 조심스럽게 의견을 말했으나 규현의 생각은 달랐다.

"그건 작은 게임 회사들에 네임밸류도 거의 없는 게임들이고, GE 게임즈는 자금력도 튼튼하고 마케팅도 괜찮다고 들었어. 그리고 기사 이야기는 충분히 네임밸류가 있지."

규현의 말에 현지는 고개를 끄덕였다.

그의 말은 틀리지 않았다. 기사 이야기 정도면 상당히 많이 알려져 있었다. GE 게임즈에서도 이 점을 높게 치고 있을 것이다.

현지와 한참 대화를 나누고 있을 때였다. 다시 문자메시지가 왔다는 것을 알리는 짧은 알림음이 울렸고 규현은 스마트폰을 확인했다.

[작가님, 파란책 기획팀장 조규태입니다. GE 게임즈 담당자도 지금 시간이 된다고 하시네요. 지금 출발하시면 될 것 같습니다.]

예상대로 규태가 보낸 문자메시지였다.

"저 먼저 퇴근하겠습니다."

그렇게 말한 규현은 짐을 챙기며 퇴근 준비를 서둘렀다. 아무래도 게임화에 대한 대화를 나누다 보면 한두 시간으로 끝나지 않을 것 같았기 때문에 퇴근하는 게 좋겠다고 생각한 것이다.

노트북을 가방에 집어넣고 코트를 걸친 규현은 마지막으로 책상 상태를 점검한 뒤 사무실을 나섰다.

계단을 통해 1층으로 내려간 그는 주차장으로 발걸음을 재촉했다.

전보다 날은 풀렸지만 아직 바람이 차가웠다.

"춥다."

규현은 작은 목소리로 춥다고 불평하며 주머니에서 장갑을 꺼내서 꼈다.

주차된 차량 앞으로 이동한 규현은 차 문을 열고 운전석에 탑승했다.

그리고 시동을 걸고 약속 장소인 카페를 향해 차를 몰았다.

얼마 지나지 않아서 규현은 약속 장소에 도착할 수 있었다. 근처 주차장에 차를 주차한 그는 카페 안으로 들어갔다.

"작가님! 여기예요!"

카페 안으로 들어가기 무섭게 어디선가 익숙한 목소리가 들렸다.

목소리가 들리는 방향으로 고개를 돌리니 반갑게 손을 들고 있는 규태의 모습을 볼 수 있었다.

그의 앞에 놓인 테이블에는 3잔의 컵이 놓여 있었다. 그중에서 규태의 바로 앞에 놓여 있는 커피는 반쯤 비어 있었다.

"여기 앉으시죠. 작가님 좋아하시는 아이스티를 주문했습니다."

규태의 안내대로 규현은 자리에 앉아 테이블에 놓인 아이스티를 들어 올려 한 모금 마셨다.

"팀장님, 센스 있네요."

"이 정도는 기본 아니겠습니까? 하하하."

규현의 칭찬에 규태는 호쾌하게 웃었다.

"다들 와 계셨군요."

낯선 목소리에 고개를 들어 보니 안경을 낀 단정한 옷차림의 30대 중반의 남자가 규현과 규태를 보고 있었다. 만나기로 한 GE 게임즈의 담당자가 분명했기 때문에 규현과 규태는 일어나서 손을 내밀었다.

"파란책 기획팀장 조규태입니다."

"정규현입니다."

남자는 규현과 먼저 악수를 하며 입을 열었다.

"GE 게임즈 모바일 사업부 기획팀 오경욱입니다."

규현과 악수를 끝내고 규태와 악수를 마친 그는 두 사람에게 명함을 건넸다.

명함에는 GE 게임즈 모바일 사업부 기획팀 오경욱 과장이라고 적혀 있었다.

"자리에 앉으시죠."

규현이 자리에 앉을 것을 권하며 먼저 의자에 앉자 규태와 경욱도 천천히 의자에 앉았다.

"뭘 좋아하실지 몰라서 우선은 아메리카노로 주문했습니다."

규태는 테이블 중앙에 있는 컵을 경욱에게 살짝 밀었다.

커피 중 가장 무난하다고 볼 수 있는 아메리카노가 담긴 컵이었다.

물론 아메리카노를 싫어하는 사람도 있지만 대부분이 거부감 없이 마실 수 있는 커피였다.

쓴맛을 싫어하는 사람들도 시럽을 조금 넣으면 무난하게 마실 수도 있었다.

"아메리카노라……. 좋은 선택입니다. 시럽도 적당히 들어가 있는 게 정말 좋군요."

"하하하, 감사합니다."

규태가 경욱에게 건넨 아메리카노는 시럽이 적당하게 들어간 것이었다.

시럽 없이 쓴맛만 가득한 아메리카노를 선호하는 사람들도 분명 있지만 그 수는 많지 않았기 때문에 시럽을 넣은 것이다.

그리고 그런 그의 선택은 경욱의 호감을 다소 끌어낼 수 있었다.

"자세한 내용을 듣고 싶습니다."

규현의 말에 커피를 마시고 있던 경욱이 서둘러 컵을 테이블에 내려놓았다.

그리고 들고 온 가방에서 여러 가지 서류 케이스를 꺼내 놓았다. 그중에서 같은 색깔의 서류 케이스를 규현과 규태에게 건넸다.

"기획서입니다. 한번 읽어보세요."

규현과 규태는 서류 케이스에서 서류를 꺼내 읽기 시작했다.

보통의 기획서와 달리 업계 관계자가 아니라도 쉽게 이해할 수 있도록 정리되어 있었다.

그래서 게임 기획에 대해 잘 모르는 규현도 쉽게 이해할 수 있었다.

"보시면 알겠지만 기사 이야기는 액션과 스토리를 강조한 모바일 MMORPG로 제작될 예정입니다."

기획서를 절반쯤 읽었을 때 경욱이 보충 설명을 했다.

시간이 없어서 모바일 MMORPG에 게 빠지지는 않았지만 규현도 조금 즐겨한 적이 있었다. 그래서 대충은 알고 있었다.

"그렇다면 자동 사냥도 당연히 있겠네요?"

"물론입니다. 모바일 MMORPG에 자동 사냥이 없으면 조금 섭섭하죠."

규현의 물음에 경욱은 고개를 끄덕이며 대답했다.

"그렇다면 스토리를 어떻게 강조할 생각이신가요? 유저들 대부분이 스토리는 죄다 스킵하고 자동 사냥만 누를 텐데요."

날카로운 지적이었다. 그 말에 경욱은 쉽게 대답하지 못했다.

그는 눈동자를 이리저리 굴리며 규현의 날카로운 질문에 어떻게 대답해야 할지 생각했다. 고민하는 시간은 길지 않았다.

"자세한 방법은 아직 기획 초기 단계라서 정해지지 않았지만 간략하게 설명드리자면 프롤로그 대사 스킵을 제한할 생각입니다. 그리고 프롤로그에서 모든 승부를 볼 생각입니다."

"그거 양날의 검 아니에요?"

경욱의 대답에 규현은 아이스티를 한 모금 마신 뒤 말했다. 프롤로그 대사 스킵을 제한한다는 것은 양날의 검이 될 확률이 높았다.

사실상 모바일 MMORPG를 하는 유저 대부분이 대사를 스킵한다.

빠르게 스토리를 스킵하고 자동 사냥을 켜둔 뒤 다른 일을 하는 게 대부분이었다.

PC로 플레이하는 MMORPG에는 '올인'하는 유저들이 많지만 모바일 MMORPG는 올인하는 유저의 수가 적다. 그래서 다른 일을 하면서 사냥을 할 수 있도록 자동 사냥 시스템이 생겨난 것이었다.

"물론 양날의 검이 될 수도 있겠지만, 저희 GE 게임즈의 기획팀은 반드시 해답을 찾아낼 것입니다."

"일단은 알겠습니다."

경욱의 말에 규현은 고개를 끄덕였다.

GE 게임즈는 국내 게임 업계에서 이름 있는 회사였고 사내 기획팀이 아주 우수한 실력을 가진 직원들로 구성되어 있는 것으로 유명했다.

"그렇다면 제가 해야 할 일은 무엇입니까?"

규현이 말했다.

경욱은 입가에 희미한 미소를 머금은 채 입을 열었다.

"작가님께선 원작 제공과 저희 측에서 스토리가 엇나가는 일이 없도록 검토를 맡아주시기만 하면 됩니다. 원래 스토리 검토는 안 하는 경우도 있지만 저희는 완벽함을 추구해서 말이죠."

경욱의 말에 규현은 고개를 끄덕였다. 스토리 검토를 맡겨 준다는 것은 정말 마음에 들었다.

기사 이야기는 기사 이야기일 때 가장 재밌다.

2차적 사용을 하면서 스토리가 엇나가는 것은 바라지 않았다.

"확실히 좋은 방법이네요. 스토리가 너무 엇나가면 기껏 확보한 원작 팬들이 빠져나갈 우려가 있습니다."

규태도 경욱의 의견에 동의했다.

GE 게임즈에서 기사 이야기를 원작으로 모바일 게임을 제작하려는 가장 큰 이유는 웹소설과 웹툰의 연재로 많은 인기를 얻은 기사 이야기의 팬층을 흡수하고자 했기 때문이었다.

그런데 스토리가 너무 엇나간다면 기사 이야기를 보고 온 사람들이 대거 이탈할 수도 있었다.

"그렇죠. 원작을 보고 플레이하려고 했는데, 전혀 다른 분위기가 되어 있다면 저 같아도 그 게임은 하지 않을 겁니다."

경욱이 고개를 끄덕이며 규태의 의견에 동조했다.

그들의 대화에 규현도 고개를 살짝 끄덕였다. 어느새 아이스티는 바닥을 보이고 있었고 기획서도 거의 다 읽어가고 있었다.

규태는 이미 다 읽은 것인지 서류 케이스에 기획서를 다시 집어넣고 테이블 중앙으로 살짝 밀어두고 있었다.

"기획서는 상당히 체계적으로 잘 짜인 것 같네요."

마침내 규현도 기획서를 다 읽었다.

기획서를 다 읽은 그는 서류 케이스에 그것을 넣고 경욱에게 살짝 밀어주었다.

경욱은 두 사람에게서 회수한 기획서가 담긴 서류 케이스 2개를 다시 가방에 집어넣었다.

"저희는 기획 단계가 가장 중요하다고 생각합니다. 그래서 기획에 모든 힘을 쏟아붓고 있습니다."

경욱의 말에 규현은 고개를 끄덕였다. 확실히 좀 전의 기획서를 읽어 보니 상당히 공을 들였다는 느낌을 받을 수 있었다.

"그리고 방금 그건 기획서 초안입니다."

"네? 기획서 초안이라고요?"

규현은 놀란 기색이 역력했다.

상당히 치밀하게 짜여 있어서 초안이라고는 생각도 하지 못할 정도였다.

생각해 보면 아직 계약서도 작성하지 않았는데, 본 게임이 시작될 리는 없었으니 당연히 초안일 것이다.

"네. 두 분의 이해를 돕기 위해 특별히 작성된 기획서 초안입니다. 도움은 되셨는지요?"

"네. 이해하는 데 충분히 도움이 되었습니다."

"그렇다면 계약서를 보여 드리겠습니다."

경욱은 서류 케이스에서 계약서를 꺼냈다.

"그건 제가 먼저 읽어보겠습니다. 작가님, 괜찮죠?"

"네. 먼저 읽어보시죠."

규현은 흔쾌히 승낙했다.

애초에 순서는 상관없었다.

규현도 곧 읽을 것이기 때문이다. 규현의 대답을 들은 경욱은 규태에게 계약서를 건넸다.

"감사합니다."

계약서를 받아 든 규태는 눈동자를 빠르게 움직여 계약서를 읽어 내려가기 시작했다.

빠르게, 하지만 꼼꼼하게 읽었다.

그는 금세 계약서 내용을 전부 검토했고 규현에게 건넸다.

"계약 내용 상당히 좋습니다. 한번 읽어보세요."

그러면서 규태는 규현만 간신히 들릴 정도의 아주 작은 목소리로 말했다.

손으로 입을 가렸기 때문에 경욱은 그가 무슨 말을 했는지도 제대로 알지 못할 것이다.

"그럼 일단 읽어보겠습니다."

규현은 그렇게 말하고는 계약서를 읽기 시작했다. 규태의 말대로 계약 조건은 상당히 좋았다.

지급되는 원작료도 상당히 많은 편이었고, 후에 수입 배분도 양심적이었다.

"상당히 괜찮네요. 이렇게 해서 GE 게임즈에 남는 게 있습니까?"

규현은 계약서를 경욱에게 돌려주며 말했다. 경욱은 규현에게서 받은 계약서를 서류 케이스에 넣고 그것을 가방에 집어넣으며 입을 연다.

"저희도 일단은 이익을 추구하기 때문에 절대로 손해 보는 계약은 하지 않습니다. 조금이지만 분명 남기는 해요."

GE 게임즈도 일단은 이익을 추구하는 기업이기 때문에 절대로 손해 보는 계약은 하지 않는다.

규현과의 계약도 그에게 파격적인 조건을 제시했다고는 하지만 망하지만 않으면 회사에서 보는 손해는 없는 계약이었다.

"계약서에 사인하시겠습니까?"

경욱은 3장의 계약서를 꺼내 테이블 위에 올렸다.

어느새 펜까지 꺼낸 뒤였다. 규현은 규태를 향해 시선을 옮겼다.

"계약하면 될 것 같습니다. 조건이 상당히 좋아요."

규태가 말했다.

그는 오기 전에 파란책의 사장인 광진에게서 계약해야 할 조건과 계약하지 말아야 할 조건에 대해 속성으로 교육을 받았는데, 지금의 조건은 광진이 말한 반드시 계약해야 할 조건보다 조금 더 좋았다.

모바일이긴 하지만 장르 시장에서 게임화는 흔하지 않은 경우였기 때문에 기획팀장인 조규태조차 경험이 없었기 때문이었다.

사실은 광진조차 들은 게 조금 있을 뿐, 경험은 없었다. 하지만 그럼에도 불구하고 지금 이 계약의 조건이 상당히 좋다는 것은 알 수 있었다.

"그럼 계약하도록 하겠습니다."

일단 2차적 사용에 관한 권한은 파란책과 절반씩 가지고 있었다.

파란책에서 보낸 기획팀장 조규태가 고개를 끄덕였으니, 이제 사인을 할 차례였다.

"여기 펜이 있습니다."

규현이 펜을 찾기 위해 코트의 안주머니를 향해 손을 가져가려 하자 경욱이 미리 꺼내놓았던 자신의 펜을 규현에게 건넸다.

"감사합니다."

경욱에게서 펜을 받아 든 규현은 2장의 계약서에 자신의 사인이 들어가야 할 곳에 사인을 하고 필요한 내용을 적어 넣은 뒤 규태에게 펜을 건넸다.

기사 이야기의 2차적 사용에 관한 권한을 파란책에서도 가지고 있기 때문에 규태의 사인도 필요했다.

"저도 사인하겠습니다."

규태가 사인을 하고 필요한 내용을 적어 넣기 시작했다.

출간 계약과는 차원이 다른 거대한 계약을 진행하고 있다고 생각한 것인지 펜 끝이 조금씩 떨리는 게 한눈에 보였다.

오히려 원작자인 규현보다 규태가 더 긴장하고 있었다.

"감사합니다. 제대로 된 기획서와 스토리 초안이 완성되면 보내 드리도록 하겠습니다."

경욱은 말을 끝내며 천천히 일어났다.

규태와 규현도 일어났고 세 사람은 악수를 나눈 뒤 카페를
나와 헤어졌다.

27장

조력자

　"오늘 강의는 여기까지. 모두 리포트 제대로 써 오도록 하세요."

　강의가 끝났다는 사실을 교수가 선언하며 책을 챙기기 시작했다.

　그가 그 말을 하기 무섭게 여기저기서 환호에 가까운 한숨 소리가 터져 나왔고 의자 빼는 소리와 함께 학생들이 일어나서 출구로 몰려 나갔다.

　"리포트라니. 미치겠군."

　규현은 짜증이 섞인 혼잣말을 중얼거리며 책을 가방에 신경질적으로 집어넣었다.

교수가 리포트를 내주었다.

그래서 미칠 것 같았다.

규현은 20명이 넘는 가람 작가들의 스토리 교정을 보면서 웹툰 콘티와 게임 스토리 검토를 하고 리턴 엠페러까지 연재 중이었다.

4학년이 되면서 강의 시간표가 많이 여유로웠지만 해야 할 일이 워낙 많아서 상당한 제약이 따르고 있었다.

전공과목 교수들 같은 경우엔 규현의 사정을 조금 봐주었지만 교양과목 교수들 같은 경우엔 규현의 사정을 거의 봐주지 않았다.

그것이 나쁘다고 말할 수는 없지만 서운한 마음이 조금 드는 것은 어쩔 수 없었다.

"후우."

"왜 그러세요? 오빠?"

강의실을 나온 규현이 한숨을 내쉬자 언제 찾아왔는지 몰라도 그의 곁에 다가온 지은이 물었다.

갑작스러운 지은의 등장에 규현은 살짝 놀란 눈으로 그녀를 보았다.

"취업했다고 하지 않았어?"

규현은 지은이 취업을 해서 학교에 나오지 않아도 출석이 인정된다고 알고 있었다.

그래서 한참 회사에 있어야 할 그녀가 지금 학교에 있다는 것에 그는 놀랄 수밖에 없었다.

"외근이거든요. 이동하다가 잠시 들렀어요!"

"그렇구나."

지은의 말에 규현은 고개를 끄덕이며 납득했다. 외근이라면 지은이 지금 이곳에 있는 게 어느 정도 이해가 갔다.

"그런데 내 시간표는 어떻게 알고 있는 거야?"

규현의 질문에 지은은 의미를 알 수 없는 미소를 머금은 채 입을 열었다.

"다 아는 방법이 있죠. 오빠의 시간표는 다 외우고 있답니다."

"하하하. 이거 조심해야겠는걸?"

지은의 말이 농담이라고 생각한 규현은 가볍게 웃음을 터뜨렸지만 그녀는 진짜로 규현의 시간표를 모두 외우고 있었다.

지은이 철저하게 수비한 덕분에 규현은 그녀에 대한 정보를 많이 알지는 못했지만 지은은 규현에 대한 많은 것을 알고 있었다.

"그나저나 오늘은 무슨 일이야? 귀한 시간까지 소모하면서 나를 만나러 오고."

근처의 휴게 공간으로 자리를 옮긴 두 사람. 규현은 커피가 담긴 종이컵을 입가로 가져가며 말했다.

"그냥 오빠가 요즘 어떻게 지내는지 궁금해서 들렀죠."

"그래?"

"네. 요즘 좀 어떠세요?"

지은은 빈 종이컵을 쓰레기통에 버리며 규현에게 물었다. 그녀의 질문에 규현은 잠시 생각에 잠겼으나, 곧 생각을 정리하고 입을 열었다.

"아주 좋아. 일도 잘 풀리고 있고 정말 행복하네."

규현이 대답했다.

강영호 신인문학상 당선 취소 문제도 해결되었고 GE 게임즈에서 기사 이야기를 게임으로 만들고 싶다고 연락이 와서 게임화 계약까지 했다.

그리고 새로운 작가들도 소수 합류했다.

여러 가지 일들이 벌어지고 규현이 그만큼 더 바빠지게 된 탓에 비명이 터져 나오려 했지만 그것은 행복한 비명이었다.

"다행이네요."

규현의 말에 지은은 가벼운 미소를 머금었다.

GE 게임즈 관련은 지은이 개입하지 않았지만 강영호 신인문학상 관련은 그녀가 개입해서 해결했다.

자신의 도움으로 규현이 미소 짓는 모습을 볼 수 있으니, 그녀는 행복했다.

"그나저나 빨리 가봐야 하지 않아?"

규현의 말에 지은은 시간을 확인했다. 슬슬 가야 할 시간이 다가왔다는 사실에 그녀는 아쉬운 표정을 지으며 고개를 들어 규현을 보았다.

"진짜 가봐야겠네요. 오빠, 다음에 또 올게요."

"일이나 열심히 해."

규현은 지은이 멀어질 때까지 그녀의 뒷모습을 보며 손을 흔들었다.

지은은 아쉬운 것인지 몇 번이나 뒤를 돌아보며 발걸음을 옮겼다.

이윽고 그녀의 모습이 시야에서 완전히 사라지자 규현은 팔을 내렸다.

"다음 강의실이 어디더라."

규현은 강의 시간표 어플을 이용해 미리 등록해 놓은 강의실의 위치를 확인한 뒤, 그곳으로 발걸음을 옮겼다. 오늘의 마지막 강의였기 때문에 강의실로 향하는 규현의 발걸음은 가벼웠다.

마지막 남은 강의까지 끝낸 후 규현은 사무실로 출근했다.

열심히 각자의 일에 몰두하고 있는 작가들과 직원들에게 간단한 인사를 하며 자신의 자리로 향하는 규현의 뒤로 상현이 따라붙었다.

규현의 자리에 앉자 상현이 입을 열었다.

"형, GE 게임즈에서 연락이 왔었어요."

"GE 게임즈에서 나한테 연락을 했다고?"

"네."

상현의 대답에 뭔가 이상한 점을 느낀 규현은 혹시나 싶어서 스마트폰을 확인해 보았다.

역시 스마트폰은 꺼져 있었다.

지은과 만날 때까지만 해도 배터리가 얼마 없긴 했지만 분명 켜져 있었는데 아무래도 마지막 강의 시간을 버티지 못하고 배터리가 방전된 것 같았다.

"GE 게임즈이라면 오경욱 과장?"

"네. 모바일 사업부 기획팀의 오경욱 과장님이 연락하셨어요."

"무슨 일로?"

규현이 질문했다.

그가 갑자기 연락을 한 이유를 쉽게 짐작할 수 없었다.

얼마 전에 GE 게임즈에서 보내준 기획안 때문에 꽤 긴 시간 전화 통화를 했었다. 만약 할 말이 있었다면 그때 했을 것이다.

"그게……."

상현은 눈동자를 이리저리 굴려 주변 눈치를 살피며 말을 꺼내는 것을 망설였다.

그 모습에 규현은 답답함과 불안감을 동시에 느꼈다.

현이 말을 꺼내는 것을 망설이는 것으로 보아 좋지 않은 소식을 가지고 있을 확률이 높았다.

"괜찮으니까 어서 말해봐."

규현이 재촉하자 상현은 볼을 살짝 긁적이며 입을 연다.

"실은 개발이 잠시 연기되었대요."

"무슨 소리야? 기획서에 아무런 문제가 없던데 갑자기 왜 개발이 연기된 거야?"

규현은 이해할 수 없다는 표정으로 물었다.

얼마 전에 모바일 사업부 기획팀에서 작성한 기획서를 메일로 받아서 읽어봤었다.

게임 개발에 대해서는 잘 모르는 그였지만 기획서는 아주 잘 작성되어 있었고 게임 개발에 돌입하는 데 아무런 문제가 없어 보였다. 그런데 갑자기 개발이 연기된다니, 이해할 수 없었다.

"그건 저도 잘 모르겠어요. 형. 제가 전달받은 내용은 그게 전부였어요."

상현이 말했다. 그가 경욱으로부터 전달받은 내용은 한정되어 있었다.

"나, 잠깐만 나갔다 올게. 상현이 너는 그동안 스토리 교정해야 할 작가들 문서 파일만 급한 순서대로 정리해 줘."

아무래도 경욱을 직접 만나야 할 것 같았다.

출근한 지 얼마 되지 않았지만 규현은 다시 나가기 위해 외출 준비를 서둘렀다.

가방에서 대부분의 물품들을 꺼내지 않은 상태였기 때문에 외출 준비는 금방 끝났다.

"오빠! 저 오늘 스토리 교정 봐주기로 하셨잖아요!"

사무실 문을 향해 발걸음을 옮기는 규현의 뒷모습을 보며 현지가 항의했다.

최근 가람의 작가들이 늘어나면서 현지와 칠흑팔검과 같은 중견 작가들은 스토리를 교정해 주지 않았지만 요즘 현지가 제국 공격기의 스토리가 막힌다고 해서 오늘 규현은 그녀의 작품의 스토리를 봐주기로 했었다.

"최대한 빨리 올게."

규현은 몸을 돌려 현지를 보며 그렇게 대답했다.

그리고 다시 몸을 돌려 사무실 문을 열고 밖으로 나갔다. 겨울이 끝난 5월의 어느 정도 따뜻한 햇살과 바람을 느끼며 규현은 가벼운 외투도 이제 입을 필요가 없다고 생각하며 주차장으로 향했다.

"GE 게임즈, GE 게임즈."

운전석에 탑승한 규현은 인터넷으로 GE 게임즈 본사의 주소를 검색한 뒤 내비게이션에 주소를 입력했다.

그리고 내비게이션의 안내에 따라 GE 게임즈 본사로 차를 몰았다.

근처 주차장에 차를 주차한 그는 GE 게임즈 1층에 마련된 휴게 공간의 소파에 앉아 스마트폰을 들어 올렸다. 그리고 경욱에게 전화를 걸었다.

—네. 여보세요.

스마트폰을 사용하고 있었던 것인지 전화를 걸기 무섭게 경욱이 전화를 받았다.

"지금 시간 되십니까?"

—네, 상현 씨로부터 전달받으신 모양이시네요.

규현의 질문에 경욱이 대답했다. 그는 규현이 전화를 한 이유를 짐작하고 있었다.

"네. 지금 1층입니다. 기사 이야기 게임화 관련해서 잠시 만나서 대화를 나누었으면 좋겠습니다."

—아, 저희 회사까지 찾아오신 겁니까?

경욱은 조금 놀란 목소리였다.

설마 회사까지 찾아올 것이라고는 예상하지 못한 것 같았다.

─지금 내려가겠습니다. 잠시만 기다려 주세요.

하지만 당황한 것도 잠시, 그는 차분한 목소리로 말했다.

규현이 전화를 끊고 얼마 지나지 않아서 승강기에서 단정한 정장 차림에 안경을 낀 남자, 경욱이 걸어 나왔다.

규현은 경욱이 자신을 쉽게 찾을 수 있도록 손을 살짝 드는 것으로 위치를 노출했다.

덕분에 경욱은 휴게 공간의 많은 사람들 중에서 규현을 쉽게 발견할 수 있었다.

규현을 발견한 경욱은 그가 앉아 있는 곳을 향해 발걸음을 재촉했다.

규현의 앞에 놓여 있는 의자에 앉은 그는 이마에 흐르는 땀을 손수건으로 닦아냈다.

"저희 직원으로부터 전달받았긴 하지만 직접 얼굴을 보고 이야기하는 게 좋을 것 같아서 이렇게 찾아왔습니다."

"이해합니다. 제가 따로 찾아갈 생각이었습니다."

규현의 말에 경욱은 고개를 끄덕이며 말했다.

"이제 지금 상황을 자세히 설명해 주셨으면 좋겠네요."

경욱은 눈동자를 한 바퀴 굴렸다.

현재의 암울한 상황을 어떻게 설명해야 규현이 충격을 덜 받을지 계산해 보고 있는 것이었다.

한참을 고민한 그는 솔직하게 모두 털어놓는 게 가장 좋은 방법이라는 결론을 내렸다. 경욱은 굳은 얼굴로 규현을 보며 입을 열었다.

"작가님, 팔호 그룹에 대해서 알고 계시나요?"

"예. 최근에 비자금 문제가 터진 기업 아닙니까?"

최근 모든 채널의 뉴스에서 팔호 그룹 비자금 문제에 대해 떠들고 있었기 때문에 경제에 대해 관심이 없는 규현조차 팔호 그룹에 대해 대충은 알고 있었다.

지금 팔호 그룹은 비자금 문제가 아주 크게 터져서 제대로 난리가 난 상황이었다.

"그런데 팔호 그룹은 어째서 언급하는 것입니까? 설마⋯⋯."

규현은 혹시나 싶어서 인상을 썼다.

아무런 관련이 없다면 경욱은 굳이 팔호 그룹에 대해 언급하지 않았을 것이다.

분명 팔호 그룹은 어떻게든 기사 이야기 게임화와 연관이 있다.

그리고 지금 상황에서 팔호 그룹이 기사 이야기의 게임화와 가장 관련 있다고 생각되는 부분은 하나뿐이었다.

"네, 그 설마가 맞습니다. 팔호 그룹에서 기사 이야기 게임화, 프로젝트 나이트에 투자를 약속했었습니다."

경욱의 말에 규현은 왼손으로 이마를 쓸어 넘겼다.

"잠깐만요. 제가 잘 모르긴 하지만 비자금 터졌다고 해서 그렇게 큰 기업에서 약속한 투자 자체가 무산될 수도 있습니까?"

"이번 투자에도 의혹이 있어서 투자 자체가 무산되어 버린 겁니다."

규현이 마지막 희망을 가져보려 했지만 경욱은 그것마자 파괴해 버렸다.

"그리고 팔호 그룹에서 가장 많은 투자를 약속했었습니다."

경욱의 말에 규현은 팔짱을 끼고 시선을 아래로 내렸다. 두 사람은 입을 다물었고 무거운 침묵이 깔렸다. 휴게 공간의 다른 사람들이 떠드는 소리만이 배경 음악으로 깔려 적막한 침묵을 두드렸다.

"팔호 그룹의 투자가 없으면 진행은 힘든 겁니까?"

규현이 질문했다. 경욱은 턱을 긁적이며 입을 연다.

"모바일 게임이긴 하지만 프로젝트 나이트는 큰 프로젝트입니다. MMORPG이고 스케일도 큽니다. 그래서 팔호 그룹급의 투자가 없으면 힘듭니다."

GE 게임즈에선 인기가 많은 판타지 소설인 기사 이야기를 원작으로 했으니, 막대한 양의 제작비를 동원하여 국내에서 가장 스케일이 큰 모바일 게임을 만들려고 하고 있었다. 그래서 GE 게임즈의 자본금만으로는 제작이 힘들었다.

"일단 투자자를 모으고는 있습니다만 장담을 하기는 힘듭니다."

경욱의 얼굴엔 피로가 가득했다.

눈 밑엔 짙은 다크서클이 보였고 피부는 푸석푸석했다. 그리고 눈동자엔 피로가 넘쳤다.

팔호 그룹의 비자금 문제로 큰 규모의 투자가 무산되고 고생했다는 게 한눈에 보였다.

"계속 투자자를 구하지 못하면 어떻게 되는 것입니까?"

"아마도 제작비를 줄일 겁니다. 스케일이 줄어들고 여러 콘텐츠 개발이 취소될 겁니다."

경욱이 냉정하게 말했다. 그의 말에 규현은 한숨을 쉬며 등받이에 몸을 기대었다.

"잠깐 실례하겠습니다."

경욱의 주머니에서 벨소리가 들려왔다.

그는 실례하겠다고 말하며 규현과 조금 떨어진 곳으로 걸어가서 전화를 받았다.

규현은 소파에 앉아서 멀지 않은 곳에서 보이는 경욱의 얼굴 표정을 살펴보았다. 그런데 좋은 소식이라도 들은 것인지 규현을 만나는 동안 계속 굳어 있던 그의 얼굴이 환하게 변했다.

'무슨 일이지.'

규현은 궁금했다. 잠시 후 경욱이 규현이 있는 곳으로 빠르게 달려와 입을 연다.

"살았습니다! 대한 그룹에서 투자해 준다고 하는군요!"

규현과 경욱은 이유를 알 수 없었지만 대한 그룹이 투자를 결정하면서 기사 이야기의 게임 제작은 다시 박차를 가하게 되었다.

예전부터 살짝 불안불안했던 팔호 그룹과는 다르게 대한 그룹은 지금까지 구설수에 오른 적도 없는 깨끗하고 튼튼한 기업이었다.

때문에 규현은 경욱과 헤어진 후 마음을 놓고 자신의 일에 집중할 수 있었다.

―그렇다면 그런 식으로 웹툰 1부를 완결 내도록 하겠습니다.

"네, 감사합니다. 수고하세요."

―작가님도 수고하세요.

기준의 말을 끝으로 규현은 그와의 전화 통화를 끝냈다. 기사 이야기 웹툰 1부가 거의 끝을 보이고 있었다. 그래서 마무리를 어떻게 할지 규현과 논의하기 위해 기준이 전화를 걸었던 것이다.

다행히 두 사람은 마음이 잘 맞는 편이었고 기사 이야기에 대한 기준의 이해 또한 높은 편이었기 때문에 트러블 없이 마지막 에피소드가 확정될 수 있었다.

"후우."

전화 통화를 끝내고 회의실 의자를 정리한 규현은 문을 열고 회의실을 나왔다.

회의실을 나오기 무섭게 그의 눈에 가장 먼저 들어온 것은 상현의 모습이었다.

그는 자신의 앞쪽에 위치한 지석과 칠흑팔검이 글 쓰는 모습을 유심히 보고 있었다.

칠흑팔검과 지석은 자신들의 일에 집중하느라 상현의 시선을 눈치채지 못하고 있었다.

모두가 노트북 키보드를 바쁘게 두드리며 일에 집중하고 있을 때 상현만이 복잡한 감정이 뒤섞인 시선으로 칠흑팔검과 지석을 번갈아 보고 있었다. 그리고 규현은 상현이 그러는 이유를 대충 알 것 같았다.

"상현아."

상현의 뒤로 다가간 규현은 그의 이름을 불렀다.

칠흑팔검과 지석을 관찰하는 것에 집중하고 있던 상현은 규현이 자신의 이름을 부를 때까지 그의 접근을 눈치채지 못했다.

"형?"

상현은 깜짝 놀라 규현을 올려다보았다. 규현은 희미한 미소를 머금은 채 입을 열었다.

"잠시 옥상으로 따라올래?"

규현은 그렇게 말하고는 탕비실에 들러 피로회복제 하나를 들고 먼저 옥상으로 올라갔다.

옥상에는 제법 바람이 불었지만 찬바람은 아니었기에 담배를 피우러 온 사람이 2명 정도 있었다

따뜻한 바람을 맞으며 피로회복제 뚜껑을 딴 순간, 옥상문이 열리고 상현이 복잡한 표정으로 규현을 향해 걸어 왔다.

"글 쓰고 싶지?"

규현이 대뜸 묻자 상현의 눈동자가 흔들렸다.

사실 상현은 글 쓰는 것을 좋아했고 글을 쓰고 싶어 했다. 하지만 최근 그는 글을 쓰지 않았다.

가람이 커지면서 해야 할 일이 많아졌다고 그는 변명하곤 했지만 규현은 그게 이유가 아니라는 것을 누구보다 잘 알고 있었다.

"하아."

상현은 한숨을 쉬며 난간 쪽으로 발걸음을 옮겼다.

그의 시선은 멀리 보이는 빌딩을 향하고 있었다. 말없이 빌딩을 바라보던 그는 몸을 돌려 규현을 보았다.

"저도 글 쓰고 싶죠. 하지만 어쩌겠어요. 저는 글 쓸 재능이 없는 걸요."

"재능이 없다고 누가 그래?"

규현이 물었다.

상현의 스탯은 C급. 규현이 생각할 때 보통 글쓰기에 재능이 없다고 볼 수 있는 스탯은 F급에서 D급까지다.

C급의 스탯을 가지고 있는 상현은 뛰어나다고는 할 수 없지만 어느 정도 글쓰기에 재능이 있다고 볼 수 있었다.

그래서 스스로를 깎아내리는 상현의 모습에 살짝 화가 났다.

"재능이 없죠. 지금 가람의 작가들만 봐도 모두 잘 나가고 있는 걸요. 제가 글을 쓸 때만 해도 가람의 꼴찌 작가는 저였잖아요."

상현이 어두운 표정으로 자조적인 말을 내뱉었다.

규현은 속으로 한숨을 쉬었다. 흔히 있는 경우다.

1등이 모여 있는 곳에서도 분명 꼴찌가 나올 수밖에 없다.

그 경우 꼴찌도 어딘가에선 1등이다.

그런 것처럼 상현도 당장 문학 왕국에선 나름 순위가 높았지만 괴물들만 있는 가람에선 그 빛이 희미할 수밖에 없는 것이다.

특히 가람 같은 경우엔 규현이 영입할 때만 해도 별 볼 일 없었던 작가들이 그의 도움을 받아서 갑작스럽게 성장하는 모습을 보였다.

그들의 성장을 옆에서 지켜본 상현은 자신도 그렇게 성장할 수 있을 것이라는 기대를 자신도 모르게 품어버린 것이다. 그러다 보니 기대한 만큼 성장이 이루어지지 않자 비관적인 태도가 된 것이다.

"가람의 작가들과 비교하지 말고 문학 왕국 전체와 비교를 해 봐."

규현은 자연스럽게 상현의 옆으로 걸어가 말했다.

가람에서 상현은 꼴찌일지도 모른다. 하지만 문학 왕국 전체에서 본 상현은 꽤 높은 순위를 유지하고 있는 능력 있는 작가였다.

그가 받은 정산금만 해도 글로 먹고 사는 게 가능할 정도였지만 상현은 만족하지 못하는 듯했다.

"죄송해요. 제가 욕심이 너무 과했던 것 같네요."

상현은 고개를 저으며 발걸음을 옮겼다.

"먼저 내려가 볼게요."

그렇게 말하며 발걸음을 재촉하는 상현이었다. 규현은 그의 뒷모습을 보며 불현듯 떠오른 생각에 입을 열었다.

"더 인기 있는 글을 쓰고 싶어?"

갑자기 드는 생각이었다.

작품 스탯처럼 작가 스탯도 올릴 수 있을까?

지금까지 작가 스탯이 오르는 경우는 본 적이 없었지만 규현은 이 능력에 대해 모르는 게 아직 많았다. 아직까지 작가 스탯이 오르는 경우는 보지 못했지만 가능할 지도 모른다는 생각이 갑자기 들었다.

"제가 원하면 그렇게 만들어주실 수 있으세요?"

상현의 발걸음이 멈췄다.

규현의 말이 그를 자극한 것이었다.

그는 수많은 작가를 무명의 늪에서 건져낸 규현이 전력을 다한다면… 어쩌면 자신을 키워줄 수 있을 것이라고 생각했다.

"내가 그렇게 만들어줄 수 있다면, 최선을 다할 자신이 있어?"

상현은 몸을 돌려 규현을 보았다.

그의 얼굴에는 지금껏 보지 못했던 절박한 심경이 잘 녹아나 있었다.

"지금 같은 나약한 모습은 버리고 최선을 다할 자신이 있냐고 물었어."

규현이 진지한 분위기를 풍기자 상현도 힘 빠진 얼굴의 가면을 벗고 진지한 얼굴로 그를 보며 입을 연다.

"최선을 다할게요."

"그럼 일단 내려가자. 오늘부터 제대로 가르쳐 줄게."

그렇게 말하며 규현은 상현을 앞질러 승강기로 향했다.

버튼을 누르고 기다리자 잠시 후 승강기 문이 열렸다.

그 안으로 두 사람을 걸어 들어갔다. 승강기 문이 닫히기 무섭게 규현이 다시 입을 열었다.

"사무실 들어가면 바로 시작이다. 당분간 잡무는 줄여줄게. 회계는 직원 한 명 새로 뽑아도 되니까 신경 쓰지 말고."

규현은 자기 사람을 밀어줘야 한다고 생각할 때 확실하게 밀어주는 타입이었다.

그리고 상현을 자기 사람이라고 생각하고 있었다. 상현은 규현에 대한 충성도가 높으니, 큰 변수가 없는 한 가람에 계속 머무를 것이다.

그를 성장시킬 수 있다면 성장시키는 게 좋다고 규현은 판단했다.

"예."

상현은 마른침을 삼키며 대답했다.

이윽고 2층에 멈춰 선 승강기의 문이 열렸고 두 사람은 사무실로 돌아갔다.

"오셨습니까?"

칠흑팔검이 노트북 화면에서 눈을 떼지 않은 채 두 사람을 반겼다.

규현은 칠흑팔검이 보지 못했겠지만 묵례를 살짝 한 뒤 상현의 자리로 향했다.

상현이 의자에 앉기 무섭게 규현은 상현의 노트북 화면을 날카롭게 노려보며 입을 열었다.

"그동안 써놓은 거 있지? 그거 한번 켜봐."

규현은 다 알고 있다는 듯 말했다.

상현은 글 쓰는 것을 정말 좋아하고 글을 쓰고 싶어 한다. 그런 그가 그동안 잡무와 회계 업무만 해왔을 리가 없다. 분명 조금씩 글을 써둔 게 있을 것이다.

아니나 다를까 상현은 미리 써둔 원고가 있는 것인지 깊은 곳에 숨겨져 있는 폴더를 열었다.

시놉시스를 정리해 둔 문서 파일과 본문으로 보이는 원고 파일이 정리되어 있었다.

"다 나한테 보내. 오늘 안으로 검토할 테니까."

"네."

상현의 대답을 들은 규현은 자신의 자리로 이동했다. 규현의 의자에 앉자 열심히 글을 쓰고 있던 현지가 두 눈을 빛내며 입을 연다.

"상현 오빠가 다시 글 쓴대요?"

"그래. 내가 전력으로 서포트할 생각이야."

규현의 말에 현지는 주변의 눈치, 특히 상현의 눈치를 살피다가 의자를 밀어 규현과의 거리를 좁혔다.

"오빠, 제가 볼 때 상현 오빠는 저번에 쓰셨던 것 이상은 못 쓸 것 같아요. 뒷담화가 아니라, 냉정하게 봤을 때 상현 오빠에게 집중하는 건 효율이 나쁘다는 소리예요."

현지는 규현에게만 들릴 정도의 작은 목소리로 말했다.

그녀는 스탯을 보는 능력이 없었지만 마치 능력이 있는 규현처럼 작가 보는 눈이 정확했다.

그녀의 말대로 철혈 헌터의 전설은 지금 그의 스탯으로 쓸 수 있는 한계였다.

"상현이는 가능성이 있어. 그래서 거기에 한번 걸어볼 생각이다."

규현이 말했다.

그가 볼 때 상현은 성장할 가능성이 있었다. 만약 작가 스탯, 즉 한계를 초월하는 게 불가능하지 않다면 상현은 충분히 한계를 돌파할 수 있을 것이다.

상현 혼자선 힘들겠지만 규현이 도와주면 충분히 가능한 일이었다.

"형, 메일 보냈어요."

"그래, 지금 확인해 볼게."

상현이 메일을 보냈다는 사실을 알렸다.

규현은 나이버에 접속해서 메일을 확인했다. 광고성 메일 틈으로 상현이 보낸 메일이 눈에 띄었다.

규현은 메일을 열고 첨부된 문서 파일을 다운받았다. 그리고 커피를 한 잔 책상 위에 올려놓고 문서 파일을 읽기 시작했다.

틈틈이 쓴 것치고는 세계관 구성도 훌륭했고 설정도 괜찮았다. 분량도 제법 많았다.

제목은 '얼음의 검'으로 북극에 나타난 괴수를 사살하기 위해 소집된 헌터 중 한 명인 주인공이 괴수의 공격에 당해 얼음 깊은 곳에 갇히게 되면서 이야기는 시작된다.

얼음 깊은 곳에 갇힌 주인공은 그곳에서 얼음의 검을 발견하게 된다.

그것은 3류 헌터였던 주인공에게 강력한 무력을 선사했지만 시간이 지날수록 주인공의 정신을 잡아먹기 시작한다는 내용이었다.

'나쁘지 않군.'

전체적인 줄거리는 괜찮았지만 아직까지 문장이 다듬어지지 않은 느낌을 받았다.

그뿐만 아니라 경험이 많지 않은 작가답게 감각이 조금 부족했다.

전체적인 줄거리는 괜찮았다고 말했다.

하지만 자세히 들여다보면 독자들의 암을 유발하고 하차를 유도하는 발암 전개가 조금 있었다.

"지금 쓴 거 이게 전부야?"

"네. 지금까지 쓴 거 전부 보내 드린 거예요."

"그래. 일단은 알겠어."

규현은 고개를 끄덕이며 대답한 뒤 문학 왕국에 들어가 비밀글로 프롤로그만 올려보았다.

그리고 스탯을 확인했다.

[얼음의 검]

분류: 현대 판타지.

종합 등급: C.

30일 뒤 예상 24시간 구매 수: 1,300.

[제이스]

종합 등급: C.

스탯을 확인한 규현은 놀랐다. 무려 구매 수가 1,300이었다. 1,300이면 C급 중에선 최상위였고 규현이 직접 스토리를 짜준 '철혈 헌터의 전설'보다 구매 수가 높았다. 정말이지 놀라운 결과라고 볼 수 있었다.

'발암 전개를 넣고 확인해 봐야겠군.'

프롤로그에서는 발암 전개가 나오지 않았다.

규현의 경험에 의하면 후에 갑작스러운 발암 전개가 나온다면 상당한 변수로 작용될 수 있었다. 그래서 프롤로그 때 보이는 구매 수와 발암 전개가 나온 후에 보이는 구매 수는 상당히 차이가 났다.

[얼음의 검]

분류: 현대 판타지.

종합 등급: C.

30일 뒤 예상 24시간 구매 수: 700.

[제이스]

종합 등급: C.

규현의 예상대로였다. 발암 전개가 나오고 난 후라서 그런지 구매 수가 큰 폭으로 하락해 있었다.

노트북 화면을 죽일 듯이 노려보며 집중하고 있던 규현은 잠시 하던 것을 중단하고 의자 등받이에 깊숙이 몸을 기댔다.

"오빠, 저도 이만 가볼게요."

현지의 목소리가 들렸다.

집중이 깨지자 다시 주변 상황이 눈에 들어왔다. 현지는 가방을 메고 퇴근 준비를 끝마친 상태였다.

주변을 둘러보니 작가들과 직원들 대부분이 퇴근한 뒤였다.

현지와 상현, 그리고 칠흑팔검만 남아 있었는데 현지도 지금 퇴근을 서두르고 있었다.

"그래. 내일 보자."

"네, 오빠. 너무 무리하지 마세요."

현지는 규현에게 무리하지 말라고 당부하며 사무실 문을 열고 밖으로 나갔다.

상현은 조금 긴장된 표정으로 규현을 보고 있었고 칠흑팔검은 한결같이 노트북 화면을 보며 키보드를 두드리고 있었다.

아마도 원고를 쓰거나 원고 교정을 보고 있는 것이리라.

세 사람은 편의점에서 도시락을 사와서 간단하게 저녁을 해결했다.

조용한 사무실에는 그가 두드리는 키보드 소리가 은은하게 퍼지고 있었다.

"이쪽으로 와봐."

규현의 말에 상현이 일어나서 빠른 걸음으로 규현이 있는 곳으로 다가왔다.

규현은 그를 올려다보며 입을 연다.

"너 발암 전개를 너무 넣었어."

규현이 지적했다. 철혈 헌터의 전설 때는 규현이 스토리 교정을 빡세게 해준 덕분에 발암 전개는 없었다. 발암 전개가 있다고 해도 규현이 사전에 구매 수를 확인하는 과정에서 잡아내 교정했기 때문에 발암 물질이 수면 위로 떠오르는 일은 없었다.

"조금 심한가요?"

"그래. 조금 심한 것 같아."

상현의 말에 규현은 고개를 끄덕이며 대답했다.

만약 상현이 규현에게 미리 보여주지 않고 작품을 몰래 올렸다면 얼마 지나지 않아서 발암 전개로 인해 몰락의 길을 걸었을 것이다.

그리고 상현의 멘탈이 박살 나는 것은 덤이다.

'하지만 문제는 발암 전개가 아니다.'

발암 전개는 규현이 사전에 교정해 줄 수 있다. 아마도 작가 스탯을 결정하는 것은 스토리 전개가 아닌 곳에 있을 것이다.

추측이지만 규현은 필력이 작가 스탯을 결정하는 가장 큰 요인이라고 생각했다.

또는 글을 쓰는 작가 고유의 개성. 그리고 말로 설명하기 힘든 몇 가지.

'확실히 차이가 나지.'

상현을 보는 규현의 눈이 반짝였다.

그동안 높은 작가 스탯을 가지고 있지만 무명이었던 작가들을 발굴했을 때 원래부터 필력이 좋은 경우는 많이 없었다.

하지만 규현과 칠흑팔검이 옆에서 조금만 도움을 주자 마치 감춰뒀던 것처럼 엄청난 필력을 발휘하기 시작했다.

작가 스탯이 낮은 경우엔 높은 확률로 필력이 좋지 않았다.

높은 작가 스탯을 가진 작가들이 뭔가 독자들을 빨아들일 것만 같은 흡입력 있는 문장을 구사하고 뛰어난 필력을 자랑하는 것과는 대조적이었다.

"그럼 어떻게 하죠? 발암 전개만 고치면 되는 거예요?"

"아니. 다른 게 문제야."

상현의 물음에 규현은 고개를 저었다. 발암 전개는 언제든지 고칠 수 있었다.

지금 가장 중요한 것은 발암 전개가 아니었다. 필력의 상승이 가장 중요했다.

작가 스탯을 상승시키는 가장 중요한 조건은 필력일 것이라고 규현은 생각하고 있었다.

"다른 것이라면 어떤 것을 말씀하시는 거죠?"

"아마도 문장력이나 필력 같은 것을 말씀하시는 것 같군요. 둘 다 비슷비슷하지만."

열심히 노트북 키보드를 두드리고 있던 칠흑팔검이 살짝 끼어들었다.

"칠흑팔검 작가님의 말이 맞아. 너는 독자들을 빨아들이는 글을 쓰는 법을 배워야 해."

"필력이라면 대표님이 잘 리드해 주실 거예요. 대표님은 저보다 글 잘 쓰시니까, 제이스 작가님을 대표님만 믿고 따라가시면 될 겁니다."

칠흑팔검이 노트북 키보드를 두드리는 것을 잠시 멈추고 턱을 긁적이며 말했다. 그의 말에 규현은 가볍게 고개를 저으며 입을 열었다.

"저는 운이 좋은 경우라서 한계가 있습니다. 칠흑팔검 작가님이 도와주시면 정말 감사할 것 같습니다."

최근 규현은 과거에 비해서 필력이 향상되었다는 평가를 받고 있지만 노력에 인한 결과가 아니었다.

스탯이 보이는 능력이 찾아오고 나서 필력 또한 함께 조금씩 상승했던 것이었다. 그래서 필력을 향상시키는 방법은 인터넷이나 작법서 같은 곳에서 본 교과서적인 방법밖에 알지 못했다.

상현의 필력을 향상시키려면 그런 교과서적인 방법도 필요하지만 칠흑팔검과 같은 작가가 직접 깨우친 노하우가 매우 중요했다.

"제가 도움이 될 수 있다면, 당연히 도와드리겠습니다. 다만 대표님께서 일거리를 조금만 줄여주신다면요. 하하하."

칠흑팔검은 농담처럼 이야기했지만 사실은 진담이 섞여 있었다.

최근 가람이 관리해야 할 작가들이 늘어나면서 작가와 편집자를 겸하고 있는 칠흑팔검에게도 꽤 많은 업무가 할당되었다.

그래서 최근 그는 정말 바쁜 생활을 하고 있었다.

"작가님께서 도와주신다면 당연히 일을 줄여 드려야죠. 하하하."

규현도 농담처럼 이야기했지만 그가 적극적으로 상현을 서포트해 준다면 그가 해야 할 원고 교정 일부를 다른 편집자나 자신에게 돌릴 생각이 있었다.

"그럼 바로 시작하면 됩니까?"

"아뇨."

칠흑팔검이 적극적인 모습을 보였지만 규현은 고개를 저었다.

"일단은 제가 기초를 잡아줄 겁니다. 기초를 잡다 보면 분명 막힐 때가 올 겁니다. 그때 칠흑팔검 작가님이 도와주시면 감사하겠습니다."

솔직히 말하면 상현은 기초는 어느 정도 잡혀 있는 상태였다.

지금부터 칠흑팔검이 도와줘도 된다.

하지만 그는 고급 인력이었기 때문에 최대한 아끼는 게 좋다고 판단했다.

자신이 도와줄 수 있는 부분에 굳이 칠흑팔검이라는 고급 인력을 동원할 필요는 없다고 규현은 생각했다.

"일단은 필사다. 예로부터 누군가가 말했지. 글을 잘 쓰고 싶으면 잘 쓴 글을 필사하라고."

"필사요?"

"그래, 필사."

상현의 물음에 규현은 고개를 끄덕였다.

필사는 규현이 순수문학을 쓰기 위해서, 그리고 필력 향상을 위해서 썼던 방법 중 하나였다.

글을 잘 쓰고 싶다면 잘 쓴 글을 필사하는 것만큼 좋은 방법이 없다고 규현은 생각했다.

한 작가의 글을 계속 필사하게 되면 자신도 모르게 무의식 중에 해당 작가의 필체를 닮아가게 된다.

이것은 장기적으로 보면 자신만의 색깔, 즉 독창성을 잃게 되는 결과를 가져오겠지만 단기적으로 볼 때는 필력 향상을 기대할 수 있었다.

사실 필사는 어떤 의미에서 보면 모방에 가까웠다.

그래서 규현은 개인적으로 상현이 자신의 색을 찾게 해주고 싶었지만 그건 정말 쉬운 일이 아니었다.

어떤 작가들은 평생 동안 자신의 색을 찾지 못하는 경우도 있었다.

자신의 색을 찾는다는 것엔 긴 시간이 필요했다.

필사를 한다면 한 명의 작가가 쓴 작품들을 필사하는 게 가장 좋았다.

많아도 두 명까지.

다다익선은 필사의 세계에선 통하지 않는 말이라고 규현은 생각했다.

필사를 결정하고 상현은 자기 나름대로 잠깐 고민했다.

이윽고 그가 규현을 보며 입을 열었다.

"그렇다면 어떤 작가의 글을 필사하죠?"

상현도 한 작가의 작품들을 필사하는 게 가장 효율이 좋다고 생각한 것 같았다.

그렇다면 이제 어떤 작가의 작품을 필사할지 정하는 게 문제였다.

가능하면 기초가 튼튼하고 흡입력 있는 문체와 필체를 자랑하는 작가의 작품을 필사하는 게 도움이 될 것이다.

괜히 C급 작가의 작품을 필사하면 오히려 필력이 하락하는 결과를 가져올 수도 있었다.

"흐음."

팔짱을 끼고 고민하던 규현의 시선이 칠흑팔검에게 향했다. 그는 작가 스탯 A등급의 작가였다. 필사를 하기엔 충분한 필력을 가지고 있었다.

"작가님, 상현이가 작가님 글을 필사해도 되겠습니까?"

당사자가 여기 없다면 허락을 맡지 않고 필사를 진행해도 당사자는 모를 테니까 상관없겠지만 일단은 당사자가 지금 바로 앞에 있으니 규현은 조심스럽게 그에게 허락을 구했다.

"저야 괜찮습니다만, 제 글을 필사해서 필력이 늘어날까요?"

칠흑팔검은 겸손한 모습을 보였지만 스탯이 보이는 규현은 그가 얼마나 대단한 작가인지 잘 알고 있었다.

"칠흑팔검 작가님 정도면 충분하죠. 큰 도움이 될 겁니다."

"하하하."

규현의 말에 칠흑팔검은 쑥스럽다는 표정으로 볼을 붉혔다.

그는 상현을 보며 작은 목소리로 파이팅이라고 말한 뒤 다시 노트북 화면에 시선을 고정하고 키보드를 바쁘게 두드리기 시작했다.

"회사 노트북을 하나 빌려줄 테니까 써. 필사할 때 화면이 하나면 엄청 불편해. 화면이 두 개면 쭉쭉 써 내려갈 수 있어."

규현은 회사 노트북을 하나 꺼내 상현의 책상 위에 올려놓았다.

규현도 필사를 해봤지만 화면 하나로 필사를 하는 건 많이 불편했다.

문서 프로그램 창을 작게 해서 2개 띄워두는 방법도 있지만 그것보다는 아예 노트북을 하나 더 쓰는 게 편했었다.

"그럼 어떤 글부터 필사를 시작할까요?"

상현의 질문에 규현은 잠시 고민했다.

칠흑팔검은 작품이 몇 개 있었다. 그중에서도 처음으로 필사하기에 가장 적당한 작품은 무엇일까. 잠간의 고민 끝에 규현은 결론을 내렸다.

"일단 '칠흑마검기'부터 필사해."

'칠흑마검기'는 칠흑팔검의 히트작인 칠흑혈마에 비하면 구매 수가 많이 부족했다. 하지만 칠흑팔검 특유의 가벼우면서도 무겁게 느껴지는 특이한 문장이 가장 잘 드러나 있는 작품이었다.

그는 장르문학에 어울리는 가벼운 글을 쓰면서도 문예창작과 출신답게 적당히 글에 힘을 줄 수 있었다. 그리고 힘을 주는 게 과하지 않았기 때문에 적당히 재밌게 술술 읽히는 특징이 있었다.

"예. 그렇게 할게요."

상현은 대답과 함께 인터넷에 연재된 칠흑마검기를 띄워 놓고 다른 노트북으로 문서 작성 프로그램을 켜서 필사를 시작했다.

글을 쓰는 것과는 비교도 되지 않을 정도로 빠른 속도로 노트북 키보드를 두드리기 시작하는 그를 보며 규현은 만족스러운 표정으로 고개를 끄덕였다.

"저는 이만 퇴근하겠습니다. 파이팅! 수고하세요."

노트북을 가방에 넣고 퇴근 준비를 끝마친 칠흑팔검이 자리에서 일어나며 말했다.

"들어가세요."

"옙!"

칠흑팔검이 사무실을 나가고 나서 스마트폰으로 시간을 확인하니 벌써 9시가 다 되어 가고 있었다. 규현은 상현을 보며 입을 연다.

"오늘은 이 정도로 하고 일단 내 집으로 가자. 줄 게 있어."

"네."

상현이 퇴근 준비를 서둘렀다.

규현도 자신의 자리로 돌아가 책상을 정리했다. 두 사람은 사무실 문을 잠그고 퇴근했다.

주차장으로 내려간 규현과 상현. 상현은 조수석에 탑승했고 규현은 운전석에 탔다.

얼마 지나지 않아서 자신의 원룸에 도착한 규현은 상현을 1층의 주차장에서 기다리게 한 뒤 올라가서 작법서 몇 권을 들고 내려왔다.

"이건……?"

"내가 읽던 작법서인데, 없는 것보단 낫더라. 그냥 대충 참고만 하라고."

"고마워요, 형."

상현은 감동한 눈치였다. 규현은 입가에 미소를 머금은 채 입을 열었다.

"지하철역까지 알아서 찾아갈 수 있지?"

"네!"

오늘따라 그의 목소리에 힘이 실린 것 같았다.

상현에게 칠흑마검기 필사라는 임무를 부여한 규현은 리턴 엠페러를 쓰기 위해 노트북을 켰다.

리턴 엠페러도 이제 완결을 앞두고 있었다. 기사 이야기 1부로부터 시작된 긴 여정이 이제 리턴 엠페러에서 끝을 맺으려 하고 있었다.

'이제 이걸로 기사 이야기는 끝이군.'

리턴 엠페러의 마지막 이야기를 쓰기 위해 노트북 키보드를 두드리며 규현은 생각했다.

리턴 엠페러가 규현의 예상대로 끝난다면 3부는 쓰기 힘들 것이다. 리턴 엠페러의 완결과 함께 기사 이야기는 긴 여정의 끝을 맺게 되는 것이다.

"조금 아쉬울지도 모르겠군."

기사 이야기는 규현을 지금 이 자리까지 올려준 작품이었다. 아쉽지 않다고 하면 그것은 거짓말이다.

기사 이야기는 A급의 작품 스탯을 가진 작품이다. A급 작품은 다시 쓰기 쉽지 않았다. 규현의 입장에선 아쉬울 수밖에 없다.

"제이스 작가님, 필사는 잘되고 있습니까?"

열심히 필사하고 있는 상현의 곁에 다가간 칠흑팔검이 커피를 한 모금 마시며 상현의 노트북 화면을 보았다.

노트북 화면에는 쉴 새 없이 새로운 글자가 입력되고 있었다.

칠흑팔검의 물음에 열심히 노트북 키보드를 두드리던 상현의 손이 잠시 멈췄다.

"네. 하지만 아직까지는 감이 잘 잡히지 않네요."

규현은 며칠 동안 상현에게 칠흑팔검의 작품을 필사하도록 시켰고 상현은 칠흑마검기를 열심히 필사했다.

"조금 시간이 걸릴 겁니다."

칠흑팔검이 대답했다.

필사는 확실히 단기적인 필력 향상에 도움이 되지만 만능은 아니었다.

며칠 동안 필사했다고 해서 감각이 생긴다고 한다면 너도나도 필사를 해서 실력을 키우고자 했을 것이다.

"열심히 하세요."

칠흑팔검은 상현을 격려한 뒤 자신의 자리로 돌아갔다.

그가 돌아가고 얼마 지나지 않아서 상현의 스마트폰에서 벨소리가 울리기 시작했다.

그는 노트북 키보드를 두드리는 것을 잠시 멈추고 전화를 받았다.

"여보세요?"

전화를 건 사람과 짧은 대화를 나눈 상현은 고개를 끄덕이며 펜과 메모지를 꺼내 뭔가를 필기하기 시작했다.

이윽고 전화 통화를 끝낸 상현이 메모지를 들고 규현에게 다가왔다.

"형, 국제콘텐츠진흥원에서 전화가 왔는데, 형을 찾네요. 이 번호로 전화를 해주셨으면 좋겠다고 하네요."

그렇게 말하며 상현은 메모지를 건넸다. 매니지먼트 가람은 블로그를 운영하고 있었는데, 블로그에서 상현의 전화번호가 가장 찾기 쉬웠다.

규현의 전화번호는 그가 의도했는지는 모르겠지만 찾기 힘든 위치에 있어서 가람에 용무가 있는 사람들 대부분은 규현이 아닌 상현에게 전화를 걸고는 했다.

"국제콘텐츠진흥원이요?"

"네. 그렇다고 하네요."

열심히 글을 쓰고 있던 지석이 반응했다.

상현이 고개를 끄덕이며 대답하는 것으로 전화를 걸어온 곳이 국제콘텐츠진흥원이라는 것을 긍정하자 지석의 두 눈이 반짝였다.

"와아."

지석은 아무 말 없이 감탄사를 토해냈다. 그러면서 선망 어린 시선으로 규현을 보았다. 규현은 볼을 긁적이며 메모지를 건네받았다.

"국제콘텐츠진흥원이라……."

국제콘텐츠진흥원에 대해서 들어본 적은 있었지만 그들이 정확히 어떤 일을 하는지는 모르고 있었다.

다만, 여기저기서 주워들은 것에 의하면 드라마나 게임 산업 등을 지원하고 기획하기도 한다는 것 같았다. 그리고 가끔씩 시나리오 공모전이나 장르 소설 공모전을 개최하기도 했다.

"무슨 일로 전화해 달라고 했어?"

"형의 작품을 영상화하고 싶다고 하던데요? 자세한 이야기는 하지 않아서 저도 잘 모르겠어요."

상현의 말에 규현은 눈살을 찌푸렸다. 규현의 작품은 판타지 소설이었다.

영상화하기 정말 힘든 장르였고, 영상화하더라도 엄청난 액수의 제작비를 요구한다.

한국을 무시하는 것은 아니었지만 규현은 자신의 소설이 한국에서 영상화되는 것은 반대였다.

'괜히 어중간하게 영상화되서 망하면 작품에 악영향만 갈 뿐이다.'

규현의 생각이었다.

판타지 소설의 영상화, 엄청난 액수의 제작비가 소요되기도 하지만 그 제작비를 확보하는 게 힘들었다. 그리고 판타지의 거대한 스케일을 화면으로 옮기는 기술 또한 부족하다고 그는 생각했다.

"영상화에 대해서 부정적이신가 보군요."

규현의 표정에 드러난 생각을 읽은 칠흑팔검이 말했다. 규현은 대답 대신 고개를 끄덕였다.

그는 한국에서 자신의 작품을 영상으로 만드는 것에 대해서 부정적이었다.

"일단 전화를 해보시는 건 어떨까요? 그래도 전화까지 해주셨는데, 한번 들어보는 것도 좋지 않겠어요?"

"그것도 그렇군요. 그럼 잠깐 실례하겠습니다."

규현은 고개를 끄덕였다.

칠흑팔검의 말도 일리가 있었다.

규현은 고개를 끄덕이며 메모지와 스마트폰을 들고 회의실 안으로 들어갔다. 그리고 메모되어 있는 전화번호를 스마트폰에 입력하고 전화를 걸었다.

—여보세요?

누군가 차분한 목소리로 전화를 받았다.

"가람 대표 정규현 작가입니다. 전화하셨다고 들었습니다."

—아! 작가님! 반갑습니다. 국제콘텐츠진흥원 콘텐츠진흥 2본부 드라마 산업팀장 조승필이라고 합니다!

승필은 씩씩하게 자신을 소개했다.

영상화라고 해서 당연히 영화 산업팀일 것이라 생각했지만 승필이 자신을 드라마 산업팀장이라고 소개한 것을 보아 영화가 아니라 드라마로 만드는 것을 염두에 두고 있는 것 같았다.

"그렇습니까?"

규현은 조금 부정적인 반응을 보였다.

영화로 만든다고 해도 한참을 고민해 볼 텐데 드라마로 만든다니, 심각하게 고민해 봐야 할 문제였다. 솔직히 말해서 국내 드라마 시장은 괜찮은 편이었지만 판타지 소설을 드라마로 옮기기엔 적합하지 않았다.

―작가님이나 대표님, 어느 쪽이 편하시나요?

"편하신 대로 부르시죠."

―그렇다면 작가님이라고 부르겠습니다. 괜찮죠?

"네. 괜찮습니다."

규현은 그렇게 대답하며 창가로 이동했다. 창문을 여니까 시원한 바람이 들어왔다.

상쾌했다.

―저희 국제콘텐츠진흥원 드라마 산업팀에서는 이번에 한국형 판타지 드라마 제작을 기획하고 있습니다.

승필의 목소리가 들리기 무섭게 규현은 기사 이야기를 드라마로 만들겠다는 말을 할 것이라고 생각하고 거절을 하려고 했지만 예상과 다르게 한국형 판타지 이야기가 나오자 일단은 입을 다물었다. 기사 이야기는 한국형 판타지와 거리가 멀었다.

"한국형 판타지 말씀이십니까?"

―네. 한국형 판타지 드라마요. 그 시나리오를 작가님께서

써주셨으면 좋겠습니다.

승필의 말에 규현은 눈살을 찌푸렸다. 한국형 판타지는 규현의 전문 분야가 아니었고 무엇보다 드라마 극본은 쓸 줄 몰랐다.

"죄송하지만 저는 드라마 극본을 쓸 줄 모릅니다. 다른 작가님 알아보셔야겠네요."

―작가님께선 트리트먼트만 써주시면 됩니다. 극본 작가는 따로 구할 예정입니다.

"그럼 계약금은 얼마 주실 수 있죠? 계약금을 듣고 나서 판단하겠습니다."

규현이 말했다.

시놉시스의 상위 버전이라고 할 수 있는 트리트먼트만 작성하면 된다.

그렇다면 할 만했다.

다만 최근 기사 이야기 웹툰이 끝나기는 했지만 게임 제작에도 신경을 써야 했다. 계약금이 별 볼일 없으면 맡을 여유는 없었다.

―2억 드리겠습니다.

단호한 승필의 목소리가 규현의 귓가를 때렸다. 규현은 쉽게 입을 열지 못했다.

현재 규현의 자산은 수억 원을 가볍게 넘어서는 수준이었다. 그런 규현에게도 2억 원은 상당히 큰 금액이었다.

　—2억으로 부족하십니까?

　규현이 말이 없자 승필은 초조해졌다. 지금 국제콘텐츠진흥원에서는 한국적인 판타지를 가미한 드라마를 만들어내기 위해 엄청난 양의 자본금을 투입하고 있었다.

　돈이 많아도 시나리오를 써줄 작가가 없으면 소용없다. 그래서 승필의 상사는 그에게 무슨 수를 써서든 가장 인기 있고, 능력 있는 작가를 확보하라고 미리 말해두었다.

　"2억이면 조금 부족한 것 같습니다. 3억은 주셔야 할 것 같습니다만."

　승필의 반응에 규현은 과감하게 나갔다.

　3억을 부른 것이다. 당연히 거절할 것이라고 생각했고 그냥 던져 본 말이었지만 예상 외로 승필은 말없이 고민했다.

　잠시 침묵이 흐른다.

　이윽고 승필의 목소리가 스마트폰에서 흘러나왔다.

　—3억 좋습니다. 3억 드리죠.

　규현의 제안에 승필은 예상 외로 흔쾌히 수락했다.

　무려 1억을 더 불렀음에도 불구하고 승필의 대답에는 거침없었다.

　규현은 몰랐지만 콘텐츠진흥 2본부에서 작가에게 줄 용도로 준비 가능한 최대 금액이 3억이었다.

"좋습니다. 최고의 시나리오를 써드리겠습니다."

―그럼 바로 계약으로 넘어가겠습니다. 내일 국제콘텐츠진 흥원으로 오실 수 있습니까? 혹시 차가 없으시면 저희 직원을 보내 드리겠습니다.

승필이 말했다. 빠르면 빠를수록 좋기 때문에 그는 서두르 고 있었다.

"문자메시지로 주소만 보내주시면 내비 찍어서 가면 됩니 다."

―그럼 주소를 문자메시지로 보내 드리도록 하겠습니다.

"알겠습니다."

두 사람은 계약에 관해 간단한 대화를 더 나눈 뒤 전화 통 화를 끝냈다.

전화 통화가 끝나고 얼마 지나지 않아서 문자메시지 한 통 이 도착했다.

승필이 보낸 문자메시지였다.

문자메시지를 열어보니 국제콘텐츠진흥원의 위치가 적혀 있었다. 약속 시간은 지정되지 않았다. 다만 언제든지 찾아와 도 좋다고 적혀 있었다.

다음 날 학교에서 그날의 마지막 강의가 끝나자 규현은 사 무실로 출근하는 대신 승필이 보낸 문자메시지에 적힌 주소 로 차를 몰았다.

얼마 지나지 않아서 규현은 국제콘텐츠진흥원 건물에 도착할 수 있었다.

"와아! 생각보다 크네."

건물은 잘 나가는 디자이너가 설계한 것인지 세련된 디자인은 자랑했고 규모도 컸다.

주차장에 차를 주차한 규현은 안내 데스크로 발걸음을 옮겼다.

"어떤 일로 찾아오셨습니까?"

안내를 맡은 여직원이 영업용 미소를 지은 채 사무적인 말투로 물었다. 규현은 주변을 둘러보다가 입을 열었다.

"조승필 팀장님을 찾아왔습니다."

"혹시 정규현 작가님이십니까?"

규현이 승필을 찾자 여직원은 미리 지시받은 게 있는 지 바로 규현의 이름을 입 밖으로 꺼냈다. 그녀의 말에 규현은 고개를 끄덕이며 입을 연다.

"네. 그렇습니다."

"제가 직접 모시겠습니다."

그렇게 말하면서 여직원은 안내 데스크를 지키고 있는 다른 여직원에게 간단한 지시 사항을 전달한 뒤 데스크를 나왔다.

"이쪽으로."

그녀는 공손한 태도로 규현을 안내했다.

승강기를 타고 드라마 산업팀이 있는 층까지 규현을 안내한 뒤에서야 그녀는 돌아갔다. 미리 연락을 받았는지 사무실 입구 앞에서 단정한 정장 차림의 남자가 규현을 기다리고 있었다.

"드라마 산업팀장 조승필이라고 합니다. 반갑습니다, 정규현 작가님. 실물이 훨씬 잘생기셨네요."

가벼운 아부와 함께 손을 내밀어 악수를 청하는 승필이었다.

규현은 그가 내민 손을 잡고 간단하게 악수를 하며 입을 연다.

"제 얼굴을 보신 적 있어요?"

"신문에서 봤습니다."

승필이 대답했다.

그러고 보니 푸름일보 기자가 규현을 인터뷰할 때 사진을 몇 장 찍었었다.

나중에 기사를 확인했을 때 얼굴도 실려 있었던 것으로 기억한다.

"아차, 내 정신 좀 봐. 우선 들어가시죠."

승필은 규현을 사무실 안으로 안내했다. 그리고 사무실 한쪽에 마련된 응접실로 발걸음을 옮겼다.

"앉으시죠. 김 대리, 차와 과자 좀 부탁해."

승필은 규현에게 편안해 보이는 의자에 앉을 것을 권하며 옆을 지나가는 직원에게 차와 과자를 가져올 것을 부탁했다.

규현이 의자에 앉고 얼마 지나지 않아서 김 대리가 녹차와 간단한 과자를 가져왔고 승필은 계약서를 꺼냈다.

"이미 어제 계약과 관련된 모든 이야기를 나눴다고 생각합니다."

승필이 말문을 열었다. 규현은 고개를 끄덕였다.

그의 말대로 어제 전화 통화로 계약에 대한 전반적인 이야기를 나누었다. 그래서 계약에 대한 대부분의 내용은 알고 있었다.

"일단 계약서를 읽어보겠습니다."

계약 내용은 전화로 전달받아서 대부분 알고 있었지만 계약서를 확인하는 과정은 필수였다.

"옙! 확인해 보시길."

승필은 힘차게 대답하며 규현에게 계약서를 내밀었다.

규현은 눈동자를 빠르게 움직여 계약서를 읽어 내려가기 시작했다.

전화 통화로 들었던 내용과 크게 다를 바 없었다.

"사인하겠습니다."

계약 조건은 상당히 좋았기 때문에 규현은 망설임 없이 펜을 꺼내 들었다. 그리고 승필의 안내를 받으며 채워야 하는 부분을 채워갔다.

마지막으로 사인을 끝낸 규현은 펜을 가방에 집어넣으며 입을 열었다.

"이제 계약은 끝난 겁니까?"

규현의 말에 승필은 고개를 끄덕이며 입을 연다.

"네. 다음 주 월요일까지 계약금이 입금될 예정입니다. 곧 저희 쪽에서 기초 콘셉트가 정해질 겁니다. 그럼 그것에 맞춰서 트리트먼트를 써주시면 됩니다."

"극본 작가는 구한 겁니까?"

규현이 극본을 쓰는 방법을 모르기 때문에 극본 작가는 필수였다.

"걱정하지 않으셔도 좋습니다. 업계 최고를 섭외했습니다."

승필은 자신만만하게 말했다. 국제콘텐츠진흥원에서는 이번 드라마 기획에 모든 것을 걸고 있었다. 수출을 목적으로 두고 있는 드라마. 그래서 모든 국내 최고의 제작진을 끌어모은 상태였다.

"앞으로 잘 부탁드리겠습니다, 작가님!"

"최선을 다하겠다는 말은 하지 않겠습니다. 단지 최고의 작품을 보여 드리겠습니다."

규현이 대답했다. 일단 3억이라는 계약금을 받을 예정이었다.

국제콘텐츠진흥원에서 규현에게 거는 기대가 큰 만큼 최고의 작품으로 보답할 생각이었다.

＊　　　　＊　　　　＊

노트북 키보드를 두드리는 소리가 분주했다. 어두컴컴한 사무실 안에는 규현과 칠흑팔검, 그리고 상현만이 남아서 키보드를 열심히 두드리고 있었다.

칠흑팔검은 자신의 원고를 미리 끝낸 후, 다른 작가들의 원고를 교정하고 있었고 상현은 칠흑마검기 필사를 끝마치고 칠흑혈마를 필사하고 있었다. 그리고 규현은 리턴 엠페러의 에필로그를 쓰고 있었다.

원래는 얼마 전에 마지막 화가 업로드되었지만 완결을 아쉬워하는 독자들의 거친 요구로 예상에 없던 에필로그를 쓰게 되었다.

"제이스 작가님, 필사는 잘되고 있나요?"

원고 교정이 끝을 보이고 있는 것인지 칠흑팔검은 여유를 되찾았다.

그는 상현에게 다가가 작은 목소리로 물었다. 칠흑팔검의 작품을 열심히 필사하고 있던 상현은 노트북 키보드를 두드리는 것을 멈추고 칠흑팔검을 보았다.

"네, 벌써 2번째 필사예요. 하지만 아직까지는 달라진 점을 느끼지 못하겠어요."

상현은 칠흑혈마 전권을 필사하고 지금, 두 번째 필사 중이었다.

분명 많은 것이 달라졌을 테지만 아직 필사를 시작한 후로 글을 쓴 적이 없었기 때문에 그는 무엇이 달라졌는지 체감하지 못하고 있었다.

"상현아."

"네?"

규현이 상현을 부르자 칠흑팔검이 자신의 자리로 돌아갔다. 규현은 상현을 보며 입을 열었다.

"네 문학 왕국 계정에 10만 원 충전했으니까 베스트 10위 안에 들어가는 모든 소설을 읽어. 그리고 이제부터 네가 쓰고 싶은 글을 써. 하루에 4만 자는 적어야 해. 명심해. 최소 4만 자야."

다독과 다작은 이미 증명된 수련(?)방법이었다.

"4만 자요? 형, 너무 많은 것 같은데요?"

보통 종이책 한 권에 12만 자에서 15만 자 정도가 들어가는 것을 생각해 볼 때 하루에 4만 자를 쓴다고 하면 3일마다 종이책 한 권을 뽑아낼 수 있다는 것을 의미했다. 글을 쓰는 것은 아이디어 또는 소재라는 이름의 연료를 소진하는 정신적 노동이었다.

그래서 대부분의 작가들이 시간이 남더라도 하루에 일정한 양 이상의 글을 쓰지 못했다.

"글이면 돼. 웹 연재용 소설을 쓰라는 게 아니야. 일기를 써도 상관없고 애국가를 베껴 적어도 상관없어. 물론 가능하면 스토리가 있는 소설을 쓰는 게 좋겠지. 그 어떤 글이라도 상관없으니 매일 4만 자씩 한번 써봐. 단, 복사, 붙이기는 안돼. 내가 철저하게 검사할 거니까 복사, 붙이기는 생각도 하지 마."

규현이 말했다.

상현의 치명적인 단점 중 하나가 하루에 만 자 이상을 적지 못한다는 것이었다.

규현은 하루에 쓸 수 있는 글자 수도 작가 스탯을 결정하는 요인 중 하나라고 생각했다.

글을 많이 쓰는 습관을 가지려면 글을 많이 써보는 게 중요했다.

"네."

상현은 힘없는 목소리로 대답했다.

그 모습에 규현은 눈살을 찌푸렸다.

한계를 뛰어넘을 것이라고 말한 지 얼마 되지도 않았는데, 4만 자의 벽 앞에서 전의를 상실한 모습을 보이니, 보기 좋지 않았다.

"조금 힘들겠지만 최선을 다하겠습니다."

하지만 상현도 힘없는 모습을 보이는 것은 잠시였다. 그는 곧 자신의 뺨을 살짝 때리는 것으로 정신을 가다듬으며 최선을 다할 것을 다짐했다.

*　　　　　*　　　　　*

며칠 동안 상현은 쉬지 않았다.

그는 하루에 4만 자씩을 토해냈다.

물론 고퀄리티는 아니었지만 웹 연재용으로 올려도 좋을 정도로 괜찮은 퀄리티였기 때문에 규현은 감탄할 수밖에 없었다.

칠흑팔검의 작품들을 미친 듯이 필사한 탓인지 상현이 쓴 글이 그와 완전히 똑같다고는 할 수 없었지만 칠흑팔검과 닮아 있었다.

심지어 칠흑팔검 본인도 인지하지 못하고 있는 글 버릇까지 비슷하게 가지고 와버렸다.

"이건 조금 고치고, 이건 그대로 유지해."

상현이 4일 동안 쓴 16만 자의 원고를 읽은 규현은 고쳐야 할 곳과 그대로 놔둬야 할 곳을 분류해서 지적했다.

상현은 칠흑팔검의 작품을 필사하면서 그의 사소한 습관까지 흡수해 버렸다.

그중에선 좋은 습관도 있었지만 좋지 않은 것도 있었다. 그래서 완전하게 흡수하기 전에 적당히 걸러내는 작업을 거쳐야만 했다.

"네, 노력할게요."

상현은 조금 피곤한 목소리로 대답하며 자신의 자리로 돌아가서 노트북 키보드를 분주히 두드리기 시작했다. 규현은 그런 그의 모습을 안타깝게 보며 입을 열었다.

"쉬면서 해. 급한 것도 아니잖아."

며칠 동안 상현은 거의 쉬지 않았다.

규현이 있을 때는 당연히 글만 쓰고 있었고 칠흑팔검의 말에 의하면 규현이 없을 때도 거의 글만 썼다고 했다.

확실하지는 않지만 집에서도 글을 계속 썼을 것이다. 상현은 글 쓰는 속도가 빠른 편은 아니었기 때문에 4만 자를 채우기 위해선 그렇게 해야만 했을 것이다.

"높게만 느껴지던 벽이 형 덕분에 어느 정도 낮아진 기분이에요. 더 노력해서 그 벽을 넘고 싶어요."

규현의 휴식 권유에도 불구하고 상현은 그렇게 말하며 노트북 키보드를 두드리는 것을 멈추지 않았다.

 노트북에서 시선을 떼지 않는 상현의 모습에 규현은 고개를 저으며 자리에서 일어났다.

 탕비실로 향한 규현이 캔 커피 하나를 꺼내 상현의 책상 위에 올려놓았다.

 "쉬면서 해. 몸 상한다."

 "네."

 상현은 캔 커피를 따서 단숨에 들이켜고는 노트북 키보드를 두드리는 것을 계속했다.

 규현은 문학 왕국에 접속하여 상현의 서재에 들어가 그의 작가 스탯을 확인했다.

 [제이스]

 종합 등급: C+.

 'C+?'

 C+라는 등급은 본 적이 없었다.

 아니, 일단 +가 붙은 등급 자체를 본 적이 없었다. 잘못 본 것인가 싶어서 두 눈을 비비고 다시 확인해 보았지만 C 옆에는 여전히 +가 붙어 있었다.

'도대체 무슨 의미지?'

규현은 두 눈을 가늘게 뜨고 C+가 붙어 있는 스탯창을 날카롭게 노려보았다.

한참 동안 생각해 보았지만 +가 정확하게 어떤 것을 의미하는지 알아낼 수 없었다.

조언을 듣고 싶었지만 조언을 구할 곳이 없었다. 다만 ㅡ가 아닌 것을 보아 부정적인 의미는 아닐 거라고 추측할 뿐이었다.

'어쩌면 스탯의 상승을 앞두고 있다는 의미일 수도 있겠군.'

규현은 조심스럽게 추측했다.

+가 붙은 등급을 지금까지 단 한 번도 본 적이 없었다. 다만 최근 상현의 필력이 정말 좋아진 것으로 보아 어쩌면 작가 스탯 상승을 예고하는 것일 수도 있다고 생각했다.

"오빠, 왜 그러세요?"

규현의 급격한 표정 변화를 옆에서 글을 쓰면서 글 훔쳐보던 현지가 가장 먼저 눈치채고 물었다.

"아냐, 아무것도 아니야."

규현은 표정을 관리하며 노트북 화면에 집중했다.

오늘 안에 스토리를 검토하고 교정해 줘야 할 작가들이 6명이었다.

서두르지 않으면 제 시간에 교정안을 보내기 힘들다. 결국 규현은 여러 고민에 시간을 뺏기는 바람에 집까지 일을 들고 가야 했다.

새벽 3시에 간신히 교정안 작성을 마친 규현은 새벽 3시 30분에 잠자리에 들었다.

다음 날 1교시부터 강의가 있었는데, 그는 그만 강의에 늦고 말았다.

그날 시간표에 있는 모든 강의를 듣고 사무실에 출근한 규현은 창백한 얼굴의 상현과 마주치게 되었다.

"어제 분량 전부 썼어요. 메일로 보냈으니 확인해 보세요."

그는 말을 끝내기 무섭게 책상 위로 쓰러졌고 규현은 확인을 위하여 자리에 앉아 노트북을 켰다. 나이버 메일에 들어가자 상현의 말대로 문서 파일 하나가 도착해 있었다.

열어보니까 그의 말대로 4만 자 정도 들어가 있는 것을 확인할 수 있었다.

"상현아."

검토를 끝낸 규현은 상현을 불렀다. 그러자 책상에 엎드려 자고 있던 상현이 벌떡 일어났다.

"네, 형. 부르셨어요?"

"이제부터 네가 해야 할 일을 간단하게 알려줄게."

"네."

규현의 말에 상현은 전쟁터로 진입하기 전, 브리핑을 듣는 군인처럼 비장한 표정으로 규현을 보았다.

"지금까지 적은 거 그대로 따라서 적어."

"네?"

상현은 규현의 말을 이해할 수 없었다.

지금까지 작품을 따라 적는 것은 필사였다. 필사라면 이미 충분히 했을 터인데, 또 필사를 한다?

이해가 가지 않았다.

"필사라면 충분히 한 것 같은데요."

"지금까지 넌 칠흑팔검 작가님의 스타일로 글을 썼지?"

"네. 분명 그렇게 했죠."

규현의 말에 상현은 고개를 끄덕였다.

4만 자 프로젝트를 시작하기 직전에 그는 칠흑팔검의 작품을 미친 듯이 필사했다. 그러니 글에서 칠흑팔검의 향이 묻어 나올 수밖에 없었다.

"이제 네 스타일대로 글을 써봐. 단, 필사를 하면서 터득한 칠흑팔검 작가님의 장점을 흡수한 상태도 써야 해."

"노력해 보겠습니다."

필사를 해서 익숙해진 글을 포기하고 자신만의 스타일을 개척해 나간다는 것은 결코 쉬운 일은 아니었다.

그 점을 규현도 잘 알고 있고 상현도 잘 알고 있었다.

하지만 그 누구도 불가능이라는 단어를 입에 담지 않았다. 대신 두 사람은 의미심장한 눈빛을 주고받을 뿐이었다.

상현은 규현이 시키는 대로 며칠 동안 글을 썼지만 칠흑팔검의 스타일이 과도하게 묻어 있었기 때문에 규현은 계속 원고를 반려했다.

그럴 때마다 상현은 답답하기도 하고 화가 나기도 했지만 꾹 참고 글을 쓰는 것을 멈추지 않았다.

"메일 보냈어요."

늦게 퇴근하는 것으로 유명한 칠흑팔검마저 퇴근한 늦은 시간, 규현과 상현만이 사무실에 남아 있었다.

상현은 규현에게 메일을 보낸 뒤, 메일 전송 사실을 전달했고 규현은 빈 캔 커피를 쓰레기통에 던져 넣고는 메일을 확인했다.

'많이 좋아졌군.'

이전에 비하면 상당히 좋아졌다. 물론 여전히 칠흑팔검의 스타일이 많이 남아 있었지만 어제 보내준 원고에 비하면 아주 많이 좋아졌다.

'어쩌면… 작가 스탯에 변동이 있을 수도 있겠군.'

상현의 작가 스탯에 변동이 있을 수도 있겠다고 생각한 규현은 문학 왕국에 접속하여 그의 서재에 들어가 작가 스탯을 확인했다.

[제이스]

종합 등급: B.

마침내 작가 스탯이 상승했다.

"얼음의 검."

"네?"

다른 생각을 하고 있었는지 깜짝 놀라는 상현을 보며 규현이 입을 열었다.

"적당히 교정하고 6월 1일부터 연재 들어가자."

『작가 정규현』 4권에 계속…

초대형 24시 만화방

신간 100%, 샤워실, 흡연실, 수면실(침대석), 커플석, 세탁기 완비

■ 광명 광명사거리역점 ■

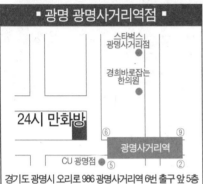

경기도 광명시 오리로 986 광명사거리역 6번 출구 앞 5층
02) 2625-9940 (솔목타워 5층)

■ 강북 노원역점 ■

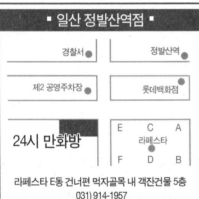

서울 노원구 상계동 340-6 노원역 1번 출구 앞 3층
02) 951-8324 (화용빌딩 3층)

■ 일산 정발산역점 ■

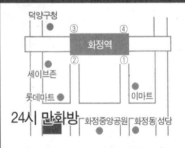

라페스타 E동 건너편 먹자골목 내 객잔건물 5층
031) 914-1957

■ 일산 화정역점 ■

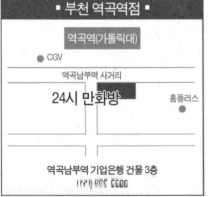

경기도 고양시 덕양구 화정동 984번지 서일빌딩 7층
031) 979-4874 (서일사우나 건물 7층)

■ 부천 역곡역점 ■

역곡남부역 기업은행 건물 3층

■ 부평역점 ■

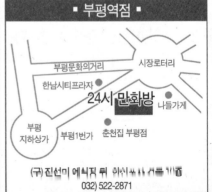

(구) 진선미 에식자 뭐 이씨+시 서블 끼흠
032) 522-2871

FUSION FANTASTIC STORY

요람 장편소설

전장의 저격수

사회 부적응자이자 아웃사이더인 석영은
게임을 하다 지구의 종말을 맞이한다.

episode1:
잠에서 깬 용사의 시대를 시작하시겠습니까?
Y/N

하지만 깨어나 보니 세상은 멸망하지 않았다.
아니, 현실 같은 게임 속 세상이 펼쳐져 있었다!

현실보다 더 험난한 '리얼 라니아(real RAnia)'.
과연 석영은 살아남을 수 있을 것인가.

이제, 리얼 라니아의 전설이 시작된다!

Book Publishing CHUNGEORAM

유행이 아닌 자유추구 -
WWW.chungeoram.com

FUSION FANTASTIC

박골 장편소설

내 손끝의 탑스타